狡い男　上

成瀬かの

幻冬舎ルチル文庫

C O N T E N T S ✦目次✦

狡い男 上

✦カバーデザイン＝大野未紗
✦ブックデザイン＝まるか工房

イラスト・花小時朔衣✦

狡い男

終電ギリギリの電車で家に帰る。

頭はくらくら、体はくたくたなのに空席はない。狭い車内はご機嫌な赤ら顔で鮨詰《すしづ》め状態、酒臭い息を吐く陽気な若者の群れに揉《も》みくちゃにされながら日下《くさか》は人生の悲哀を思う。

安月給なのになぜここまで会社につくさねばならないのか。

答えは明白、不景気だからだ。

安易に会社を辞めても、次の仕事を見つけられるアテはない。日下のように何の資格もコネもない男に世間は冷たい。

……言い訳である。

能力があれば不景気なんて関係ないのだ。優秀でバリバリ成績を上げていればヘッドハントは来る。独立する手もある。言葉巧みに自分を売り込み、見事再就職先を見つける人もいる。

だけど、日下にはそういうことができない。自分に自信がないのだ。ハッタリをきかせられるだけの度胸もない。

金がないと生活できない。年金も欲しい。

斯《か》くしてもともと乏しい日下の反骨精神は完全に潰《つい》える。

電車を降りて商店街を抜ける。白々とした光を落としているのはコンビニのみ、ほとんどの店はシャッターが閉まり物寂しい雰囲気だ。

夕食をどうしようか考える。カップラーメンが残っていたはず。アレも旨《うま》いものではないが、脂ぎった出来合の弁当はもっと嫌いで、日下は煌々《こうこう》と光を放つ店の前を通り過ぎた。

メシを作るのも風呂に入るのも面倒くさかった。

せめて恋人でもいれば、と日下は妄想する。

（内気で意気地《いくじ》なしの日下に、もちろん恋人などいない。）

最近お気に入りのアイドルの姿を思い浮かべる。五人グループで売り出し中の、まだ表情の幼いあのコ。新曲の衣装は上衣が短く、引き締まった腹部が惜しげもなく晒《さら》されていた。MCになると恥ずかしそうに裾《すそ》を引っ張って隠そうとするのがたまらないんだよな……と、日下は暗い夜道でだらしなく相好《そうごう》を崩す。変質者と間違えられても仕方がない不気味な笑みである。

腹も腕も筋肉質だけど細いから、華奢《きゃしゃ》な印象を受ける。身長も多分日下より十センチ近く低い。抱き締めたら腕の中にすっぽり収まることだろう。

妄想の中で日下は、裸エプロンなど着せてみる。キモいと言われそうだが、どうせ誰にもわかりっこない。さらには彼が自分の部屋で手料理を作って待っている姿まで思い浮かべた。メニューはご飯と大根の味噌汁《みそしる》。それから冷や奴《やっこ》と餃子《ギョーザ》。ビールとおでんも欲しい。

どうせ想像でしかないのだから、組み合わせなど考えず食べたいものすべてを並べてみる。いいなぁ。

もちろん、風呂も沸いているのだ。

『お風呂とご飯どっちがいい？　それとも、ボ・ク？』なんちゃって。

『君を食べたい』と格好良く言いたいところだけど、とにかく今は腹が減っていた。メシ、風呂、寝る、だ。

枯れたオヤジのようだが、それが現実である。セックスをしなくても人間は死なないが、食う物も食わず、寝ず、働いていたら死ぬ。

そうこうしているうちに辿《たど》り着いたアパートのポストからダイレクトメールを回収し、日下は階段を上った。二階の自分の部屋に向かう。習慣でホルダーの鍵に手を伸ばしかけたものの、キッチンの窓から明かりが漏《も》れていた。

今朝は絶対に消していった。誰かいるのだ。それが誰か容易に予想がつき、日下は溜息《ためいき》をついた。

ドアのノブを摑《つか》み、ひねる。

思った通り鍵はかかっていなかった。軋《きし》み音を上げながらドアが開くと、むさい男がにやりと笑って日下を出迎える。捨てようと思って放り出しておいたパジャマの下をはいている。ゴムが伸びきっているのを片手で押さえてはいるが、臍《へそ》の五センチ下、あとちょっとで危険地帯というところまでずり下がっている。

……ちょっと待て。パンツはどうした。

ちなみに上半身は裸である。腹には筋肉の畝《うね》が盛り上がり、腰は細く締まっている。野生の獣《けもの》のように絞り込まれた見事な逆三角形体格。今は後ろでいい加減に束ねられている髪を下ろせば、この男がますます獣っぽくなることを日下は知っている。

「よう、おかえり」

「……勝手に人の部屋に入るなって、何度言ったらわかるんだ」

「いいじゃねえか。メシ、できてるぜ。大根の味噌汁、好きだろ？」

言われなくても空気中に漂う甘美な匂いが日下の嗅覚《きゅうかく》を魅了していた。空腹を通り越し感覚を失っていた腹が盛大な自己主張を始める。

「おまえの腹は素直で可愛いなぁ。おら、入れよ」

目を細めて近づいてきた男は日下を室内に引っ張り込むと、手を伸ばしてドアを閉め、鍵をかけた。玄関が狭いので、日下は半ば抱き込まれるような形になる。

わざとだなコノヤロウと思っていたら案の定、チェーンをかけ終わり不安定な体勢を戻そうとした男がよろめいた。

無精ひげが頬《ほお》に当たる。

「触んな！」

「おーっと、悪《わり》ィ悪ィ。バランス崩しちまった」

白々しい。

一々突っかかるのも面倒で、日下は男を押し退《の》け部屋に上がった。乱暴に脱ぎ捨てた靴を背後で男が揃《そろ》えているのが気配でわかる。テーブルの上には冷や奴と野菜の煮物が並んでいた。自分の思い描いていたメニューの半分が用意されているのを知り、日下は嬉《うれ》しいような情けないような気分になる。

この獣のような男は、満木《みつき》という。

初めに言っておくが、日下の恋人などでは断じてない。それなのに日下の好みを把握している。つきあう気などさらさらない日下としては、はなはだ不本意な状況である。

何度も、もう来るな、おまえの気持ちには応えられないと言った。だが、その度《たび》に満木は笑い飛ばした。まーた心にもないことを言ってと鼻で笑い、勝手に上がり込み、飯を作ってゆく。

しかも満木はそうしてくれと日下が言ったのだと主張した。初めて会った晩に、淋《さび》しいんだ、あんたが来てくれると嬉しいと言ったと。

そんなことは絶対言っていない自信がある。百歩譲って言ったとしても酔っぱらいの言うことだ、本気で取り合う方がおかしい。それなのに満木は鬼の首でも取ったかのように、ことあるごとに繰り返し語る。酔っぱらいの戯《ざ》れ言《ごと》を葵《あおい》の御紋《ごもん》にするとは卑怯《ひきょう》な男である。

「今日のは自信作なんだよな。疲れているだろうからさっぱりしているのがいいと思ってよ。ビールも補充しといた。あ、風呂も沸いているぜ」

またしてもツボを突かれ、日下はむうと唸《うな》る。

飲んでしまうと風呂に入るのが億劫《おっくう》になる。日下は背広を脱ぎ始めた。

きちんとハンガーに掛けて古い箪笥《たんす》に収める。ネクタイの結び目に指を差し込み、しゅっと音を立てて緩め――……、日下は振り返った。

満木が何ともいやらしい目つきで、日下を見ていた。

「……何だよ」

「いやあ、ホントそそられるなーって思ってよ。何つーか、ベッドへゴー！　って感じ？」

日下は着替えを引っ摑むと風呂場へ逃げ込んだ。

狭い日下のアパートには脱衣場などない。ユニットバスでないのを気に入って借りたのだがそれが仇《あだ》となり、日下は満木が来るたびに風呂場での着替えを余儀なくされていた。

風呂の蓋《ふた》の上で脱いだ服をきちんと畳むとビニール風呂敷で簡単に包み出窓に置く。前はドアの前に置いていたのだが、着替えを取るためドアを開けたら、満木が覗《のぞ》こうとしていたのでやめた。

自分の家なのに、どうしてこんなに小さくなっていなければならないのだろう。浴槽に身を沈め、日下は深い溜息をつく。

満木とつきあい始めてもう一年近く経《た》つ。出会いは、いわゆるその手の店で、だった。

日下はゲイである。

だが普段はその性的指向をひた隠しにしている。恋人もいなかった。同じ性的指向を持つ相手をどうやって探したらいいのかわからなかったのだ。好きな人はいたが、ノンケに告白など恐ろしくてできなかった。

インターネットを使うようになってからゲイバーというものがあるのを知った。どこにあるのか、どうやって行けばいいのかまで調べたが、日下は実際に店を訪ねたりしなかった。怖かったのである。

日下は決して社交的な性格ではない。ナンパなど考えたこともないし、同じ性的指向の人間と交流したこともない。そういう場所で上手《じょうず》に振る舞える自信などなかった。男同士のセックスへの恐怖心もあった。あの日、そこに行く気になったのは、たまたまショックな出来事が重なって情緒不安定になっていたからだ。そうでなければ絶対行かなかったであろう。半ば、自棄《やけ》になっていたのだと思う。アルコールも入っていた。

ふわふわした心持ちで、日下は熟知した、でも初めての道を辿った。

どうなってもいいと思っていた。あの時は周囲のすべてが夢みたいに遠くて、誰か声をかけてくれる者がいたらついて行ってもいい、ラブホテルにでも何でも行って、処女だか童貞だか知らないが捨ててやろうと意気込んでいたのだ。

しかしそんなことにはならなかった。店に入ってカウンターに座ると同時に満木が隣の席に陣取ったせいだ。

馴《な》れ馴れしく話しかけられて日下は困惑した。どちらかというと嫌いなタイプの男だったからである。しかし、どうやって断ったらいいのかわからない。

スカジャンとジーンズ姿の満木は、その時も無精ひげを生やしていた。ろくに手入れのされていない髪もばさばさと伸びている。でもそれが、野性味を帯びた顔立ちとあいまって魅力的と言えなくもなかった。

まっとうな職に就いている人間には見えなかったが、その時の満木は金を持っていた。競馬で当てたのだと嬉しげに語り、気前よく日下に酒を奢《おご》ってくれた。

強い酒を浴びるほど飲んだ。

酔っぱらい、グチグチと泣き言を言う日下に満木は根気よくつきあい、ついには潰《つぶ》れた日下を家まで送り届けてくれた。

純粋な善意だけで赤の他人にここまで親切にしてくれる男などいない。勿論《もちろん》、満木は下心ありありだったのだ。家にまで上がり込まれて犯されなかったのは奇跡である。

朝起きると満木は日下のベッドの脇に伸びていた。額《ひたい》にはたんこぶがあった。

決して喧嘩《けんか》に強くない自分が見るからに筋肉質な満木をKOしたことに日下は仰天したが、目が覚めた満木が早速迫ってきたのにはもっと驚いた。

もろに好みのタイプなのだと、満木はオヤジ丸出しで言った。撃退されたことで余計チャレンジ精神を刺激されている感もあった。

しかし日下には、満木と寝てもいいとはどうしても思えなかった。日下の好きなのはアイドルみたいな美少年タイプ。どう見ても三十路《みそじ》をとうに越えている満木はお呼びでない。精力に満ち溢《あふ》れていそうなこの男に掘られるのなんて御免《ごめん》である。それなのに。

——どうしても振り払えない。

危険だとわかっているのに、部屋に上がり込むのを阻止できない。最初にガツンとやられたせいか、満木は力ずくで日下に言うことを聞かせようとはしなかった。その中途半端な安心感も日下の決意を鈍らせる。

旨い飯も沸いている風呂も真っ暗でない自分の部屋も、危険な罠《わな》だ。濡《ぬ》れて額に張りつく髪を日下は神経質に掻《か》き上げる。

問題はわかっている。自分が淋しがりやなのが悪いのだ。

もうずっと日下のことを気にかけてくれる人間などいなかったから、世話を焼いてくれる満木を心のどこかで嬉しく思っている。

好きだと、欲しいのだと掻き口説《くど》かれる幸福を好きなだけ享受して見返りを与えない自分は、多分、ずるい。

食事を終えると、日下は食器をシンクに運び洗い始めた。片づけだけは自分でやる習慣だった。日下はものを勝手にいじられることにあまり抵抗はなかったが、置き場所を変えられるのだけは我慢ができなかった。無神経なのか神経質なのか自分でもわからないと時々思う。

満木はのんびりと食後のお茶を飲んでいる。

おひらきの時間だった。

日下が後片づけをしている間に満木は帰り支度《じたく》をする。そうでなければ食器を片づけ終えた日下が追い出しにかかる。そういう習慣になっていた。

今日の満木は半裸のまま、茶を飲んで動かない。

日下は少し憂鬱《ゆううつ》になった。出て行けと勧告するのはやはり楽しいものではない。

最後の皿を布巾《ふきん》で拭いて棚に戻すと、日下は満木を追い出すべく振り向いた。

どくん、と心臓が跳ねる。

テーブルに座っているとばかり思っていた満木が、すぐ後ろに立っていた。反射的に後退《あとじさ》りシンクにぶつかった日下を囲い込むように両手を突く。

やばい。

真剣なまなざしに狼狽《うろた》えて、日下は逃げるように横を向く。その頬にざらざらした感触が触れた。

……勘弁してくれ。

疲れているのだ。満腹で瞼《まぶた》も重い。これから満木とやりあう元気はない。

満木はマイペースに日下の頬の触り心地を楽しんでいる。ちゅっと耳元にキスされると鳥肌が立った。感じたわけではない。生あたたかい唇の感触が何とも気持ち悪かったのだ。

「やめろよ」

「ったく、意地悪なことしか言わねーなあ、この口は。俺の気持ち、知ってんだろ。そろそろ応えてくれてもいいんじゃねえの？」

手が、かつてない大胆さで日下に触れてくる。パジャマの裾から侵入し、体の線をなぞるようにして脇腹を這《は》い上がる手を、日下は慌てて脇を締めて押さえつけた。

ちょっと待て。

日下は焦る。

まさか、強行突破する気か？

「満木、わ、悪いけど、俺、おまえをそういう対象としては見られない」

「ぜーんぜんその気がなかったらな、普通は家に上げたりしねえんだよ」

きっぱり言われ、日下は蒼褪《あおざ》めた。

それはそうかもしれない。だけど、強引に押しかけてくるのはいつも満木で、自分は断り切れないだけなのだ。大体、いやだと言ったのに勝手に合い鍵を奪っていったのは自分じゃないか。

……ああ、また、だ。

日下は目を伏せた。

また自分に言い訳をしている。

悪いのは狡《ずる》い自分。期待を持たせた日下だ。つけを払う時が来てしまったのだ。

満木のことは嫌いではない。ちゃらんぽらんな見掛けとは反対に心遣いのできる奴だとわかっている。でも満木に対する日下の好きは友達の好き、で。でもそんなのは、満木には残酷なことでしかなくて。

わかっていた。わかっていたのに、利用してきたのは日下だ。

それでも往生際悪く、日下は聞いてみる。

「友達じゃ、駄目か？」

「駄目だ。俺のこと嫌いじゃねえんだろ？　なら、一回ぐらい試させろよ。大丈夫、後悔はさせない。天国を見せてやるからよ」

いつのまにか腰が押しつけられている。のっぴきならない状況に日下はおたおたと周囲を見回した。といっても二人しかいない部屋の中。活路が見つかるはずもない。

かくなる上はと、日下は伝家の宝刀を抜いた。

「不許可だ。前にも言っただろ。らんぼるぎーに・かうんたっくを買ってくれなきゃ駄目だって」

最初に迫られた時に言った台詞《せりふ》である。ランボルギーニを買ってくれたら、抱かれてやる。別に車が好きなわけではない。ただ、日下の乏しい知識の中で、それが一番高いものだったのだ。

数千万円はする車である。競馬で生計を立てているような男に買えるはずがない。そう見越しての発言だった。つくづく狡い男である。

案の定、満木は顔をしかめた。

「くっそ、またそんなイケズを言うか」

「買ってくれなければ、つきあわない」

「俺の愛はランボルギーニより価値があるぞ」

この男の、こういうオヤジ臭いところが嫌いだ。

「とにかく、そういう約束だから」

「おまえさ、自分に値段をつけるのはやめろよ。大体、もし成金風の脂ぎったデブオヤジが来て突然ランボルギーニをやるって言ったら、おまえ寝るのか？」

「寝る」

想像するだに恐ろしいがそんなことはあり得ないので日下は言下に肯定し、ついでにあくびを噛《か》み殺す。いい加減眠い。早く諦《あきら》めて帰って欲しい。

しかし、満木はしつこかった。

「いーかげんなこと言いやがって。嘘つくんじゃねえよ。俺には見えるね。おまえがランボルギーニを目にしながら何のかの言って逃げる姿が。おまえはそーゆー狡い奴だ」

「しつっこいな。寝るって言ったら、寝るよ。男に二言はない」

「本当か？」

「本当だ」

満木が日下の腕をぐいと引いた。そのまま引きずるようにして、奥の間に連行する。日下はわけがわからないままついて行った。

カーテンを引き、満木が窓の下を指さす。

アパートの裏は、大家さんの家に続く私道に面している。そこに派手なスポーツカーが停《と》まっていた。

「うわ、すごいな。大家さん、今度は年甲斐《としがい》もなくあんな車買ったんだ」

「馬鹿、俺の車だ。ランボルギーニ・カウンタック」

「嘘だぁ」

ははははは、と日下は笑った。満木も笑っていた。獰猛《どうもう》な笑みだった。

日下はもう一度眼下を見た。あの車がランボルギーニであるかどうか日下にはわからない。しかし大家さんが買いそうな車には見えなかった。閑静《かんせい》な中流住宅街には似合わない、ゴージャスな車。

背筋を冷たい汗が流れる。

満木は、笑っている。

欲を湛《こら》えてぎらついた目が怖い。

「嘘、だろ?」

「キーもあるぞ。おまえのものだ」

脱ぎ捨ててあった服のポケットから鍵を取り出すと、満木は日下に突きつけた。凍りついた日下の唇に、キーが押し当てられる。

「これでおまえは俺のものだよな?」

「ちょっと、待て」

「男に二言はないんだろ?」

「ないけど、でも、俺、明日も仕事が……」

「往生際悪ィぞ。観念しろ」

逞《たくま》しい腕が腰に巻きついてくる。

引き寄せられた日下はよろめいた。強引に抱き締められると、顔が満木の肩口に埋まってしまう。

満木の匂いが、鼻腔《びこう》を満たした。

獣の匂いだ。

「忘れられない夜にしてやるよ」

耳元でささやかれ、日下は恐怖に震える。

満木が喉の奥で笑う気配がした。

誰か嘘だと言ってくれという日下の祈りもむなしくカーテンが勢いよく閉じられ、そして。

＋　＋　＋

確かに、忘れられない夜になった。

翌日、日下は入社して初めて遅刻をした。

体調が悪くてという日下の言い訳を上司はあっさり信じた。実際、声はガラガラ、顔色など死人のようだったからだ。よろよろしている日下に、つらいようだったら帰ってもいいというありがたい言葉までかけられた。

帰ってたまるかと、日下は思った。

アパートの日下の布団の中には、獣が眠っている。

獣なうえにオヤジという、最悪の存在だ。ねちねちとしつこくて、強引で、いやらしくて。

——だけど、優しい。

目元をほんのり赤くして、日下はまだ生々しい記憶を振り払う。

嫌いなタイプのはずだったのに、どうしてこうなってしまったのだろう。

流されてしまった自分の不甲斐なさに臍《ほぞ》を噛む。

自分の中にぽっかり空いていた孤独という深い穴。それがどんどん満木に埋められつつあった。それがいいことなのか悪いことなのか、日下にはまだわからない。

ただ。

誰かと身を寄せ合って眠るのは、悪くないと思った。

釣った魚にやる餌は

至上の幸福。

今、日下《くさか》はそれを味わっている。

頬《ほお》を撫《な》でる暖かな風。

ピンクのシルクの褥《しとね》の真ん中には彼が横たわっている。伸びやかな若い肢体にシーツを巻きつけただけのしどけない姿で。

少し不思議だった。彼がどうしてこんなところにいるのだろう。

だが、接吻《せっぷん》されると思考はたちまちのうちに欲情の嵐に押し流されてしまった。

手の甲にわずかに触れるだけのキス。物足りない接触が、日下の欲望をいや増す。日下も手をさしのべ、その体を引き寄せた。はらりとシーツが落ち、胸元から腹部まで露《あら》わになる。

欲望のままに触れると彼は身をくねらせ日下に抱きついてきた。日下が欲しいのだ。余裕のない仕草で日下の体をまさぐり、首筋を、鎖骨を、胸元の突起を、柔らかく官能的な唇で愛撫する。

同時にきわどい部分に伸びてきた指先に思わずうっと息を詰めたものの、日下はすぐに甘やかな快楽に陥落した。

「シュン……」

うっとりと目を閉じ、名前を呼ぶ。

「誰だそいつは」

一瞬にして日下は地獄の底まで引きずり落とされた。

「おら起きろ。誰だって聞いてんだよ」

朝だった。

日下は己《おのれ》の安アパートのベッドに呆然《ぼうぜん》と横たわっていた。酷い動悸《どうき》がして、悪夢を見た後のように体が冷えている。

いや見た後ではない。悪夢は現在進行中だった。

重い体が自分の上にのしかかっている。

おまけに何とも恐ろしいことに、でかい手が大事な場所を握り込んでいた。

絶体絶命である。恐怖のあまり身動き一つできない。

竦《すく》み上がっている日下の耳元を、肉厚の舌がぞろりと舐《な》めた。

「ったくよ。ここんとこご無沙汰《ぶさた》だったから淋《さみ》しがっているだろうと思って来てやったのに、別の男の名を呼ぶとはどういう了見だ？　ん？　そんなことしていいと思ってんのか、ハニーちゃんよ。おら、狸《たぬき》寝入りしてんじゃねえぞっ！」

最後の一声と同時に局部を圧迫され、日下は情けない悲鳴を上げた。

おそるおそる開けた目に凶悪な笑みを浮かべた満木の顔が大写しになり、日下は慌てて顔をそらす。山で熊に会ったら視線を合わせてはいけないと聞いたことがある。しかもこの熊、恐ろしいことに上半身裸だ。日下自身のパジャマもいつのまにか前のあわせが全開になっていた。

徐々に記憶が蘇《よみがえ》ってくる。

昨日は金曜日だった。いつも通り遅くまで残業して、終電ギリギリでアパートに帰った。その時確かに満木《みつき》は来ていなかった。そのことには確信がある。なぜなら日下は満木が侵入してこないように、玄関にバリケードを築いて寝たからだ。

初めてベッドを共にした日からまださほど経《た》っていないのに、日下は満木にうんざりしていた。

釣った魚に餌《えさ》はやらないという諺《ことわざ》があるがその通り。日下をモノにしてから、満木の我儘《わがまま》さには拍車がかかった。日下の都合などお構いなしに押しかけてきては夜更かし（勿論《もちろん》オプション付）を強要する。出した物は片づけない。散らかし放題に散らかして、帰ってしまう。最近になってようやく日下は、満木が片づけと名のつくあらゆることが嫌いなのだと気がついた。ずっと猫を被《かぶ》っていたのだ。今では料理はしてくれても片づけるということをしない。満木が使った後のキッチンは、汚れた調理道具と出しっぱなしの調味料で溢《あふ》れんばかりである。

疲れて帰ってきてこれを目にすると、ヒステリーを起こしたくなる。しかし日下の苦情など満木には馬耳東風《ばじとうふう》。聞いてくれやしないのだ。

二人の仲は日々険悪さを増し、日下はこのところ満木を閉め出そうと四苦八苦している。

「ン千万も貢《みつ》がせておいて浮気か、コラ」

「何だよ、おまえには関係ないだろ！　何でそんなとこ握ってんだ、放せ馬鹿！」

「んだとォ？　馬鹿って言う方が馬鹿なんだよ！」

じたばたと日下はもがくが、所詮《しょせん》満木の敵ではない。おまけに人質までとられている。

甘い夢のお陰で元気だった下半身は、拷問《ごうもん》を受けているというのにちょっとヤバい予感を孕《はら》んでおり、日下の焦燥を募らせた。

冗談じゃない。

朝っぱらからこのケダモノに犯されてたまるか。大体俺はシュンと――――！

ぴたりと日下の抵抗が止まった。

首だけ巡らせ時計を見る。

十時を少し回っていた。

にわかに起き上がろうとした日下を、満木が再びシーツの上に縫いつける。

「まだ話は終わってねえ。おまえには一度みっちりお仕置きをしなきゃいけねーと思ってたんだ…っ!?」

楽しそうな宣告が、途中で悲鳴に変わった。日下が満木の肩口に噛《か》みついたのだ。

苦痛に身を引いた満木を睨《にら》み、日下は一言、

「うざい」

と言い放った。

そのままテレビの前に急行し、散乱する服と賃貸情報誌を押しのけてかぶりつきで座り込む。後ろにはバリケードにしていた椅子《いす》と折り畳み式のテーブルが投げ出されているが、眼中にない。

上半身裸でベッドにへたり込む満木の目に、華やかなバラエティ番組の映像が映った。スタジオで私服のアイドルグループが雑談をしている。

テレビ画面を見つめる日下の目は食い入るようだ。

「なあ、おい」

満木はおそるおそる日下に聞いた。

「さっきのシュンって、このシュンのことじゃねーだろーな?」

「だったら、何」

日下は冷ややかである。

満木が大仰《おおぎょう》に溜息《ためいき》をつくと、日下はキッと振り返った。

「うるさい。今、俺の邪魔したら殺ス」

目が据わっている。普段大人《おとな》しいだけに、鬼気迫るものがある。

驚きの豹変《ひょうへん》ぶりにすっかり毒気を抜かれた満木がこそこそとキッチンに姿を消すと、日下は再びテレビに集中した。今週も残業だらけで、テレビを見る余裕すらなかった。一週間ぶりに目にするシュンの笑顔がいつにも増してまぶしい。

三十分の番組が終わると、日下はほうと、満足げな溜息をついた。

今日も、シュンは可愛かった。

タイミングを見計らったかのように、満木が両手にコーヒーを持って現れる。日下はにこりと笑ってカップを受け取った。憑《つ》き物《もの》が落ちたかのような、爽やかな笑顔である。

その笑顔に勇気を得たのか、満木は傍らに自分のカップを置くと、後ろから日下を抱え込むようにして腰を下ろした。

普段なら狼狽《うろた》えたり嫌がったりするのに、日下は大人しく満木の肩にもたれかかる。満木は複雑そうだ。嬉《うれ》しいが、このご機嫌が自分以外の存在によってもたらされたのだと思うと、面白くないのだ。

満木に抱えられたまま日下がリモコンを操る。音楽番組が再生されたのを見て、満木は唸《うな》り声を上げた。

また、シュンである。

日下は満木の嘆きになど頓着《とんちゃく》しない。満木に出会う前から週末は一週間分の録画を鑑賞する習慣だ。優先順位はシュンにある。

日下の首筋に顔を埋《うず》めた満木がぶつぶつ文句をたれ始める。

「前から思っていたけどよ、おまえ趣味わりーな」

「何だよ」

「何でシュンなんだ？　カツヤの方が可愛いじゃねえか」

満木が指したのはちょっと地味な感じの少年だった。踊りは上手《うま》いが、アイドルにしては華が足りない。少なくとも、日下の好みではない。よって日下はきっぱり切って捨てた。

「シュンの方が断然可愛い」

「そりゃ顔は可愛いけどよ。つきあうならカツヤの方がいいって。シュンは絶対根性悪いぜ。自分が可愛いってのをわきまえていやがる。甘え上手《じょうず》っつーか、したたかな性格してっぞ？」

「随分詳しいな」

肩越しに振り返ると、満木が頬を擦《す》り寄せてきた。無精ひげがざらざらとあたる。

「似たよーなのが知り合いにいんだよ」

「ふうん」

気のない返事をしてまたテレビに目をやる日下に、満木がちょっかいを出し始めた。テレビに魂《たましい》を奪われているのが気に入らないのだ。

腹部に回されていた腕がするりとパジャマの中に忍び込む。日下はつれなくそれを押し戻した。目はシュンを追っている。完全に無意識の動作である。満木をうるさいハエ程度にしか認識していない。

満木の唇が子供のように尖《とが》った。

「おまえ、車のセンスも最悪だよな。イタ車なんてよ。しかも、よりによってカウンタック。俺、ディーラーに車名を言う時、顔から火を噴きそうだったぜ」

「あっそ」

「あっそじゃねえだろ。乗ってんのか」

「全然」

実際、日下はプレゼントされた車にまだ一度も乗っていなかった。高校卒業と同時に免許は取ったものの、今では立派なペーパードライバーの日下である。何千万もする車など、恐ろしくて運転できるわけがない。かくしてカウンタックはカバーをかけたまま大家さんの私道に放置されている。

「どうすんだよ。ちゃんと屋根つきの駐車場に入れないと傷むぞ」

「引っ越しするっていうのに、そんな金ないよ」

そう。仕事と満木の相手で忙しくてはかどってはいないが、日下はこのアパートを出るつもりだった。

あの日。満木が愛情込めて（？）派手なスポーツカーを日下に捧げた日、日下と満木は車以上に派手な大立ち回りを演じた。ベッドに押し倒された日下が死に物狂いで抵抗したのだ。いくら望み通りの品を捧げられたとはいえ、怖いものはやっぱり怖い。日下は文字通り、助けを求めて泣き叫んだ。

当然アパート中が大騒ぎになった。隣の住人は壁を叩くし、大家までやってきて、ドアを開けるよう要求した。満木は必死にわめこうとする日下の口を塞《ふさ》ぎ、やくざもかくやという勢いで怒鳴り返した。

曰《いわ》く、何でもない。日下が失恋のヤケ酒を過ごして暴れているのだ。

そんな言い訳を信じる奴がいるとは思わなかったが、満木と関わり合いになることを恐れたのか、ドアの前に集まっていた住人たちは解散した。誰も警察を呼んだりしなかった。せちがらい世の中である。

それだけならまだよかったのだが、人気《ひとけ》がなくなると満木は中断していたことを再開した。始めのうちこそしっかり日下の口元を塞ぎ声が漏《も》れないようにしていたが、佳境に入るとそれどころではなくなった。そうなると安アパートの壁などないも同然である。

——人生、何があるかわからない。

死んでも嫌だと思っていたことが意外と悦《よ》かったり、この自分が近所中にあえぎ声を響き渡らせたり。

思い出すだけで気が遠くなるような羞恥《しゅうち》に襲われる。恥ずかしくてこれ以上住んでいられない。

真っ赤になった日下に、後ろからコアラよろしく抱きついている満木は気づかない。

「おまえ、俺がウン千万払って買った車を鉄くずにするつもりかよ」

そんなことを言われても、まさか本当にくれるとは思わなかったのだ。

日下は顔をしかめ、小さな声で言った。

「もう、いらない」

激怒するかと思われた満木は冷静だった。ただ小さく溜息をつく。

「こうなるんじゃねーかと思ってたぜ」

ほんの少しだけ申し訳ない気分になった。

「じゃああの車、返品しちまっていいな？」

満木の言葉に、日下はこっくり頷《うなず》く。

「じゃあ、最初で最後のドライブと洒落《しゃれ》込もうじゃねえか。天気もいいしな。海なんてどうだ？」

「うん。それじゃ、この録画が終わったら支度《したく》する」

その返答に、満木がうんざりした顔で天を仰いだことを、日下は知らない。


結局二人がアパートを出たのはお昼過ぎだった。

二人がかりで車に被せていたシートを外す。ランボルギーニはもらった当初と変わらずピカピカだった。

満木は趣味が悪いと言うが、スポーツカーの流れるようなボディラインはやっぱり美しい。日下はそっと表面に触ってみる。

感嘆している日下とは逆に満木は無頓着だった。さっさと運転席に乗り込み、キーを捻《ひね》る。エンジンがかかり、低く、唸るような音が湧き起こった。いい車はタービンの立てる音さえ普通と違い迫力がある。今まできるきり関心を示さなかったくせに、日下はうきうきと助手席に乗り込んだ。

「ふんじゃ、行くか」

赤い車体が、滑《なめ》らかに狭い私道から走り出す。

海岸沿いの道を走り、雑誌に載っていた喫茶店でお茶を飲んだ。空が夕焼けに染まる頃、岬《みさき》の突端の小さな展望台に上った。風が強いせいもあり、古びた建物には誰もいなかった。赤く色づいた雲が見る見るうちに流されていく。

「あ、俺、ここ来たことある」

日下が呟《つぶや》くと、満木は笑った。ぼろぼろのジーンズのポケットに両手を突っ込んだまま、塗料の剝《は》げた手すりに寄りかかっている。景色なんか全然見ていない。嬉しそうな日下の顔ばかり、面白いものでも見るように眺めている。

「近いからな。ドライブのついでについ寄っちまうんだよな」

「そういうものなのか?」

「そういうもんだろ。おまえ、あまり友達とドライブしたりしねえのか」

何気ない問いに、日下は目をそらした。満木の横の手すりに肘《ひじ》を突き、水平線を眺める。

「小学生の頃、家族でドライブしたんだ。うちは家族で旅行なんて滅多にしなかったから、よく覚えている。父がこの下の自販機でコーラを買ってくれた。俺の母は手作り品にこだわる人で、家にいる時は絶対ジュースなんて買ってもらえなかったから、すごく嬉しかった」

家族が揃《そろ》っていた頃の話である。母がいなくなってから日下の食生活は一変した。逆にジャンクフードしか食べられなくなり、あれほど憧《あこが》れていたカップラーメンやファストフードが大嫌いになった。

だから、こんなことになってしまったのだ。手料理に目が眩《くら》み、満木につけ入られた。

まあ、それだけではないけれど。

「ふうん」

満木が煙草《たばこ》を取り出し、一本口にくわえる。日下は風に流されてゆく紫煙を目で追った。

「連れてきてくれて、ありがと」

そう言うと、満木は目を細くして日下を見た。

とても幸福な気分だ。日下は手すりに顎《あご》を乗せ、カモメを眺める。水平線近くにぽつんぽつんと浮かぶ船が光って見えた。

ぼんやりしていると、不意に抱きよせられてキスされる。

絵に描いたようなシチュエーションに、日下は酔った。

珍しくうっとりとなって応えていると、満木の右腕が徐々に下がってくる。

いやらしい手つきで尻《しり》を撫で回された。割れ目を指先で強く辿《たど》られると、ぞくぞくっとクる。

このエロオヤジ！

慌てて体を引き離そうとするが、満木は放してくれない。逆に手すりに押しつけられて、日下は蒼褪《あおざ》める。

こんな、いつ誰が来るともしれない場所でその気になるな！

強く舌を噛んでやる。

ンガっとくぐもった声を上げて、ようやく満木がキスをほどいた。

「こんの野郎っ！　何てことしやがる！」

「それは俺の台詞《せりふ》だ！　いきなりサカるな！」

「しょーがねえだろ。キちまったんだから。珍しく素直だと思ったのによ。やっぱおまえ、可愛くねえ」

言葉がつきんと胸に刺さった。

得体のしれない不安感に襲われ、日下は立ちすくむ。

別に、珍しいことではない。幸福であればあるほど、日下は情緒不安定になる傾向がある。

満木は気づかず、先に階段へと歩きだしていた。心なしか背中が怒っているようだ。

強く唇を引き結び、日下は後に続く。

階段の途中で、満木がふと足を止めた。体を捻って振り返り、にやりと不穏な笑いを浮かべる。

「車返す前に、カーセックスもしとくか」

あまりにも馬鹿げた提案に、一瞬反応が遅れた。

「しとかない！」

かあっと頬を赤らめ、日下は怒鳴る。

満木がげらげら笑いながら階段を下りていく。

その下品さに腹が立つ。だが、同時にほっとしてもいる己に、日下は気づいていた。


都心に戻った頃には八時を廻《まわ》っていた。

日下は何だか疲れてしまってうつらうつらしていた。家に戻るには道が違うようだったがどうでもよかった。むしろまだ帰りたくない、このままずっとドライブしていたい気分だ。

そっと首を巡らせて満木の横顔を眺める。長めの髪を無造作に後ろに束ねているので、鋭角的な顎のラインがくっきり見えた。皮肉っぽく歪《ゆが》められた唇は薄く、いつも生やしている無精ひげが、ケダモノじみた雰囲気を醸し出している。

それから強い光を湛《たた》える瞳。

満木はユニークな存在だった。堅実に会社に勤めて、女の子とつきあって、それなりの年齢になったら結婚して――。そういうのが普通だと日下は思っていたのに、満木はそういうことに一切頓着しない。

ろくに仕事もせずふらふらして、男の自分なんかにかまけている満木を見ていると、年をとったらどうするつもりなのだろうと他人事《ひとごと》ながら心配に思う。

それでも、外側から見ている分には満木は結構いい男なのだろう。

でも、駄目だ。

日下はシートの上で小さく身じろぎをする。

好きになんか、なれない。だって彼は似ている。大嫌いな男に。

「顔に穴が空きそうだな」

不意に満木が口を開いた。

「そんなに俺って、いい男か？」

視線に気づいていたのだと知り、日下は赤くなった。

満木が喉の奥で笑う。

何か言い返さねばとおたおたしていると、満木が急にステアリングを切った。駐車場に車の鼻先を突っ込んでいく。

そこがホテルの駐車場だと気づいた日下は焦った。

「ちょっと、満木！」

「あーあー、わかってるわかってる、わめくなっつーの。この車のディーラーとここで待ち合わせしてんだよ。レストランで食事をするだけだ。ＯＫ？」

自分の意図を見透かしたような満木の言葉に、日下は真っ赤になった。

デートのラストを飾るのは、ホテルでの愛の交歓。そんなマニュアル通りの筋書きを日下は嫌うと満木は思ったのだろう。実際、日下はそういうのを馬鹿にしていた。していたのだが。

否定されて初めて日下は気がついた。自分がそれを期待していたことに。

今、すごく、したい気分だった。

でも、そんなこと、絶対言えない。

日下はちらりと満木の顔を窺《うかが》う。

普段は無理矢理にでもするくせに。良い子の満木が憎たらしい。思い通りにならない現実に、日下は内心で歯がみする。こんなことならカーセックスに応じればよかった。あの時はどうせ家に帰ればヤると思っていたのだ。

これからもたもた業者と会食して電車で帰るなんて、まどろっこしい。

今だ。

今、したい。

いつまでも車から降りてこない日下に、満木が怪訝《けげん》そうな声を上げる。

「どうしたんだよ。豪勢なイタリアン食わしてやるぜ」

おまえの手料理で充分なのにと恨みがましく思いながら、日下は車から降りた。


予約をしていたらしい。名前を告げると二人はすぐに席に案内された。広い店内は適度に混《こ》み合い、ざわついている。最上階に位置しているので、夜景が綺麗《きれい》だ。

奥の窓際のテーブルが二人のために用意されていた。デートを締めくくるのにふさわしい、ロマンチックなロケーションである。

すでにディーラーが先に席に着き、ワインをあけていた。満木の姿を見つけるとグラスを軽く傾けて、気障《きざ》な挨拶をする。

日下は瞬《また》きを繰り返した。

ディーラーは日下がうっすら抱《いだ》いていたイメージからかけ離れていた。

まず、若い。未成年のようにすら見える。

おまけに綺麗だ。ランク分けするなら、シュン級。天然パーマなのか、緩くウェーブした髪が小さな顔にふわりとかかっている。

ほっそりとした小柄な体に、グレイのスーツを着ていた。普通のサラリーマンが着ているネズミ色のスーツとは違い、白いシャツに映えて実に上品だ。

まるでモデルみたいだと、日下は感嘆した。

まさに日下の好みそのものだった。

見惚《みと》れる日下に気づいた満木がしまったと片手で顔を覆う。

「そういやこいつ、こーゆーのがタイプなんだった、くっそ」

「何ぶつぶつ言ってんのさ。座ったら？」

人差し指でとんとんとテーブルを叩き、ディーラーが着席を促《うなが》した。すぐにグラスが運ばれてきて、ワインが注がれる。

その間中、彼は好奇心も露《あら》わに日下を見ていた。不躾《ぶしつけ》な視線に日下は落ち着かない気分になる。

「えーと、こいつが、ディーラー兼俺の古い知り合いの野津《のづ》。こっちが日下」

「例の、彼氏ってわけか。どーも、こんにちは」

「……どうも」

理想通りの野津に日下は緊張してしまう。満木は憤懣《ふんまん》やるかたない表情でワインを啜《すす》った。

野津だけが朗らかにメニューを広げ、あれやこれや品定めしている。

料理を注文して一段落つくと、野津は悪戯《いたずら》っぽい微笑《ほほえ》みを浮かべて満木を見上げた。

「そういえば有希君《ゆうき》が淋しがっていたよ。最近全然遊んでくれないって」

おっと。

いきなりのジャブに、日下はくらっと来た。

『有希君』。

多分、満木の元彼だ。

満木に過去恋人がいたとしても何の不思議もない。だが、今まで日下はその可能性について考えたこともなかった。

何だかショックだ。

日下はワインを口に運ぶ。赤ワインは苦手だが、野津はボトルで注文したらしい。ここで別のものを注文できないのが日下である。

日下の存在を無視し、会話は流れていく。

「あいつはもう、関係ねーだろ」

「あれだけ熱々だったのに何言ってんのさ。去年のクリスマスだって見せつけてくれちゃってさー」

さっきのがジャブなら、今度は踵落《かかとお》としに匹敵する一撃だった。衝撃が脳天から脊髄《せきずい》を通り、全身を痺《しび》れさせる。

去年のクリスマス？

その頃すでに日下は満木に会っていた。ということはあの、傍若無人《ぼうじゃくぶじん》な猛アタックの最中だったはずだ。

この男は日下に好きだと言いながら、有希君とやらとクリスマスを楽しんでいたらしい。クリスマスを一緒に過ごそうと誘われた記憶はある。断ったのは自分だ。だけど。

浮かれていた気分が急速に冷めていった。

日下がいつも通り残業してケーキも七面鳥もワインもない灰色の一日を終えようとしていた時、この男は別の男とクリスマスを祝っていたのだ。世間の人と同じように高価なプレゼントをあげて、ホテルのスイートを取って、——有希君を抱いていたのかもしれない。日下を抱くように。

あるいは、それ以上に、楽しかった？

「もう、別れたっつってんだろ。おまえ、いつから過去のことをほじくりかえすようなだせー男になったんだよ」

「だって有希君がうるさいんだもん。もー、満木に未練たらたら。車のことで会うって言ったら会わせろってきかなくって」

満木がぎょっとして腰を浮かせた。

「まさか連れてきてねえだろうな」

「さすがにそれはない。俺だって食事は美味《おい》しくいただきたいし。……ところで車はちゃんと持ってきた？」

「ああ、ここの駐車場に入れてある」

満木が鍵を取り出して野津に渡した。受け取った鍵を野津は無造作にポケットに押し込む。

奪い返したいような衝動に駆られ、日下は唇を嚙んだ。

あれは、満木が自分にくれたものなのに。

満木の気持ち自体を、手放してしまったような気がした。

「傷つけたりしてないだろうね」

「つけるかよ。綺麗なもんだぜ。ぴっかぴかだ。だからさ、前回払った金も返せよ」

意地汚い満木を、野津は鼻で笑い飛ばす。

「返すか馬鹿」

「何だよ。返品だぜ？　ぜーんぜん使ってねえんだぜ？」

「レンタル料だよ。買う気なんてないくせに人を振り回しやがって」

「んなことねーよ。こいつがいらねえって言わなきゃ、ちゃんと買うつもりだった」

とってつけたような言い訳に、日下は弱々しい笑顔を作った。

ああそう。

そうなのか。そういうこと。

そりゃそうだよな。自分のためなんかに、何千万も払うわけない。満木はこうなることを見越していたのだ。

日下は機械的にワインを口に運ぶ。味なんか、わからない。運ばれてきた豪華な料理にうんざりする。

早く家に帰りたかった。

作り物の笑顔を顔に張りつけ、皿を片づけることに専念する。

会計の時点で少し揉《も》めた。日下が自分の分は自分で払うと言い張ったからだ。満木は断固として日下の申し出を却下したが、涼しい顔をして奢《おご》らせようとした野津には激しく食ってかかり金を払わせようと奮闘した。

ナンセンスである。

日下は先に店を出ると、ソファに腰をかけた。

ひどく気疲れしていた。

しばらくしてようやく満木が現れた。憤懣やるかたない顔をしている。ものも言わずにトイレに向かう後ろ姿を見送ると、すぐに野津が来て、日下の隣に座った。

近くで見ると、ますます綺麗な男である。どういうホルモンバランスをしているのか、肌なんてつるつるだ。

「ふふ、なんか疲れた顔してる」

「……そうですか？」

日下には野津がよくわからなかった。散々日下にあてつけるようなことを言いながら、その笑顔には一点の曇りもない。

「満木ってさ、優しいでしょ？」

「……はあ」

意図の読めない発言に、日下は身構えた。

「見た目は怪しいけど面倒見がよくって、すごーく大事にしてくれる」

そうだろうか、と日下は自問する。どう考えても自分は大事になんかされていない気がする。

「かなり前から色々聞いてたんだ。満木、君のことですごく悩んでた。だから、今日仲良さそうにしているのを見て安心したんだけど」

だったらどうしてあんなことを言ったのだろう。日下が傷つくに違いないことを。

「一言言わせてもらいたいんだよね。君さ、満木に依存しすぎじゃない？」

……来た。

日下は気づかれないように掌《てのひら》を握り締めた。

「そりゃ君の気持ちもわかるけど、車を買わせるのはやりすぎだ」

その通り。やりすぎだ。でも、本当に買ってくれるとは思わなかったんだ。

何度目かの言い訳を日下は心の中で繰り返す。

本当に、あんな車なんていらなかった。日下はただ、放っておいてほしかっただけで。

「満木って賑《にぎ》やかなのが好きだろ？　以前はよく皆を集めて飲み会やらバーベキュー大会やらやってたんだ。でも、君と出会ってからはさっぱりで、週末に飲みに誘っても断られる。――あいつ、毎日のように君の家に通って家事してるんだって？」

頼んだわけじゃない。

「有希とも別れさせて、あいつを思い通りに動かして満足？　ねえ？　君は満木を何だと思っているの？」

何――…？

何なのだろう。

実際よくわからない。

勝手に押しかけてきて、生活に入り込んで。無理矢理自分を抱いて。

多分、該当する言葉は恋人なのだろうが、日下にはそうは思えなかった。だって、日下は満木を好きなんかじゃない。

「ま、部外者の俺が何を言ってもしょうがないけどね。君、みっともないよ。自分の立場を利用して満木を縛りつけて。いい加減、満木を自由にしてあげたらどう？」

何も答えない日下に苛立《いらだ》った声を投げつけ、野津が席を立つ。かすかに水音が聞こえ、日下もじきに満木が戻ってくることに気がついた。野津は満木に見つかる前に消えるつもりなのだ。

日下も反射的に席を立った。満木の顔を見たくなかった。エレベーターに乗りたいが、今行ったらまた野津に会ってしまいそうで、日下は階段を探す。

満木に動揺を見破られたくない。

どの階にも人気はなかった。えんじの絨毯《じゅうたん》が足音を吸い取り、自分の息づかいと服が擦《こす》れる音ばかりがいやに耳につく。

下りても下りても同じ景色が続く。いつ果てるともしれない階段の連なりに、日下は永遠に地上に辿り着けないのではないかという恐怖すら覚えた。

まるで、悪夢を見ているみたいだ。

みたい、ではなく、この現実そのものが悪夢なのだと、日下は気づかない。ずっとその中で生きてきたからだ。

野津の言葉は鮮やかに日下を引き裂いた。満木と馴れ合い始めていた日下は不意に訪れた結末に一抹《いちまつ》の淋しさと絶望と憤怒を覚えたが、何となくあるべきものがあるべきところに収まったような、そんな安堵感《あんどかん》をも得ていた。

今までがおかしかったのだ。

満木のような男が本気で自分に惚《ほ》れるはずがない。

でも、ようやく得心がいった。遊びだったのだ。ちゃんと本命が別にいた。全部、偽りの夢だった。

日下にはお似合いの落ちだ。

そうは思っても哀《かな》しくて、日下は走りながら壁を殴りつける。硬い壁は衝撃を呑《の》み込み、日下の拳《こぶし》にやるせない痛みだけを残した。

野津の言葉が、何度も頭の中で再生される。

「みっともない」

なかなか面と向かって言える言葉ではない。相手の心を踏みにじろうとする言葉だ。

でも、野津はためらいもなく、天使のように魅惑的な唇にその言葉を乗せた。日下の感じるであろう痛みには、何の斟酌《しんしゃく》もせず。つまり野津は、日下など屁《へ》とも思っていないのだ。

日下は苦く笑う。

好ましいと、思ったんだけどな。

以前一度だけ同じ言葉でそしられたことがあった。あの時もひどく哀しくて、日下は自分の部屋に直行するとベッドに潜り込んで泣いた。まだ小学生の頃の話である。

その時、日下を踏みにじったのは父だった。

あの時と同じ痛みが、今、日下を苛《さいな》んでいる。

今ここに日下のベッドはない。何とかしてアパートまで戻らなければ、暖かな暗がりに潜り込むことはできない。

三十階分を駆け下りると、日下は立ち止まって息を整えた。あとワンフロア下りればフロントだ。真っ赤な顔でぜいぜい言いながら通るなんて挙動不審すぎる。

日下はポケットの中でくしゃくしゃになっていたハンカチを引っ張り出し、汗をぬぐった。少し落ち着いてから踏み出すと、誰に見咎《みとが》められることもなくロビーを抜けることができた。

自動ドアを抜け、ひんやりとした夜気の中に出る。

車回しにはタクシーが一台だけぽつんと客待ちをしていた。広い庭を持つホテルは駅から少し離れているから、電車に乗ろうとすると十分ほど歩かねばならない。そのわずかな距離を倦《う》む金持ちを待っているのだろう。

ふ、と息を吐いて、日下は歩き出そうとする。その首に、背後から腕が巻きついてきた。ぐいと引かれ、階段で体力のほとんどを使い果たした日下はよろめく。

「遅《お》せーよ」

……満木だった。

それだけで鼻の奥がつんと痛くなる。こんな男のために傷ついている自分が情けなくて、日下は満木から顔を背けた。

「何だよ。ほら大人しく来い。タクシーで帰るぞ」

「いい。俺は電車で帰る」

「駄々こねてんじゃねえよ。疲れてんだろ。金は俺が出すから」

「あんたに奢られる筋合いなんてないっ！」

満木が驚いて目を見開いた。その顔を、歯を食いしばって睨みつける。

満木は日下を捕らえた腕を放さなかった。

「おまえなぁ……。まあ、いいから来いよ」

呆《あき》れたような声に、心が軋《きし》む。これ以上、一時だって満木と一緒になんかいたくなかったのに、二の腕を摑まれ力ずくで引きずられ、駄々っ子のような姿で日下はタクシーの中に押し込まれた。満木が運転手に行き先を告げる。

しばらくのあいだ、車内には気まずい沈黙が充満していた。息苦しくて、日下は無意識に襟元《えりもと》を軽く押さえる。満木に摑まれた場所がずきずき疼《うず》いた。

「あのな。好きってだけじゃ、駄目なのかよ」

思いの外《ほか》穏やかな声で問われて、はっとする。ぼんやりとしていた日下は、それがさっきの駄々に対する答えだと気づくのに時間がかかった。

好き。

満木にとってその『好き』にはどんな意味が込められているのだろう。多分、日下の定義する『好き』よりも大分都合がよくて、薄い内容なのだろう。何でも言うことを聞く、ペットに対するような、好き。

ふと、満木にとって自分がどの程度の存在なのか問いただしたい衝動に駆られたけれど、日下は危ういところで思いとどまった。よく考えてみればここは狭いタクシーの中である。二人の会話は運転手にも聞こえている。

「こんなところでそういう話はやめろ」

「いいじゃねえか。運転手なんか気にすんな。どうせ二度とこのタクシーに乗ることなんてねえんだ」

「そういうのは嫌だ」

「うるせえな。俺が、今、おまえと話をしてえってんだ。それとももっと恥ずかしーことをしてやろうか、ここで」

いやらしい声でそう言われ、日下は唇をへの字に歪めた。やると言ったら満木はどんなことでもないことだってやってのける。この男は日本人なのに恥を知らない。

日下はシートの上に深く座り直した。体を斜めにして満木の顔を見据える。気迫のこもったまなざしに、満木は、お、と表情を改めた。

「言っとくけどな、野津の言ったことなんか信じるなよ。有希とはちゃんと切れてんだからな。その、去年のクリスマスはあれだけどよ、今は全っ然連絡もしてねーんだから」

「そんなの、わかるもんか」

「おまえ、これだけ一緒にいて、わかんねーのかよ。俺のどこに浮気する暇があるってんだ。

おまえの面倒見るだけで手一杯だっつーの」

どっちが面倒見ているのだと反論しかけて、日下は口を噤《つぐ》んだ。

満木のペースに乗るのはまずい。勢いに流されて、適当に和んで終わってしまうような気がする。

野津は何と言った？

自分は満木のためにならないと。

満木を――自由にしてやるべきだと。

その話を、今の気持ちが色褪《いろあ》せないうちにするべきではないのか？

この男のためにあんなふうになじられるのは二度と御免《ごめん》だ。つきまとわれているのはこっちなのに、まるで自分が満木を縛りつけているかのように言われて。

苦しい、思いをして。

こんなことを続けるのはお互いのためにならないと、はっきり告げて別れるべきではないのか。

そう思った途端、胸の奥が締めつけられるように苦しくなった。

「おまえ、俺のいねえ時、野津に何を言われたんだ？」

横目で日下の様子を観察していた満木が何気なく聞く。

その刹那《せつな》日下は息を止めた。表情を変えたつもりはなかったのに、きんと緊張した空気に満木は何かを感じとってしまったらしい。

「言われたんだな。何て言われたんだ。言え」

厳しい口調で詰問してくる。

思わず体が逃げた。ドアに背中を押しつけるように後退る。

「あ、あんたには、関係ない」

「関係ねーわけねーだろ。恋人なんだから、心配すんのは当たり前だ。大体、俺はおまえのことは何でも知る権利があんだ。言え」

無茶苦茶な論理だが、満木は日下を心配しているのだ。その一事が疲弊しきった心の隙間《すきま》を突き——つるりと言葉が零《こぼ》れ出た。

「みっともない、って」

言ってしまってから日下は慌てた。これは満木に言いつけるべきことではない。日下と、野津の間の話だ。

そもそも野津は間違ったことは言っていない。満木を心配して言った言葉のせいで満木に怒られては、野津も可哀想《かわいそう》である。

「野津が、そんなことを言ったのか」

「え、いや、その——、ち、父が……」

「はあ？」

満木が素《す》っ頓狂《とんきょう》な声を出した。

苦し紛れに自分の口から出た言葉に、日下自身びっくりした。

父のことなんて、どうして今更。

「おまえの親父《おやじ》さんがどうかしたのかよ」

「な――、何でもない」

「いいから、言えよ」

「いいよ。何でもないってば」

「言え！」

いきなり満木が吠《ほ》えた。

運転手がびくりと首をすくめる。

日下は満木が激怒していることに気がついた。

「いい加減にしろよな、おまえ。あったまくるんだよ。うじうじうじうじしやがって。何で思ったことをちゃんと言えねえんだ。飯食ってる時もそうだったよな。仏頂面《ぶっちょうづら》しやがってよ。いいか、俺はな、あの飯には大枚はたいたんだぞ。普段の飯の二十回分だぞ。それをまずそーに食いやがって。俺と飯食いたくなきゃそう言えよ。そうすれば無駄金使わねえで済んだんだからな！」

無神経な言いぐさに、傷つくと同時に腹が立った。日下が望んだことではない。勝手にセッティングしたのは満木だ。日下はむしろ、家に帰りたかった。

食事なんか、どうでもよかったのだ。

「勝手に連れてきたのはあんただろう。俺は別に、高いだけのイタリアンなんて食いたくなかった！」

日下の反撃に、満木は唇を引き結んで黙り込んだ。膝の上に両肘を突き、俯《うつむ》いて顔を擦る。

傷ついたような目をしていた。

満木のそんな様子を、日下は初めて見た。

こんなことを言いたかったのではない。張り込んだ食事に連れてきてくれたこと自体は嬉しかったのだ。——どうしてこんなことになってしまったのだろう。

あれだ。

満木の恋人、有希の話。あれがきっかけだった。

そこで日下は初めて疑問を抱く。

でも、どうして満木の恋人の話なんかで、自分はあんなブルーになってしまったのだろう。

むしろ喜んでもよかったのではないだろうか、他に恋人がいるのならば。それを盾に自分は優位に立てる。満木を閉め出すことさえできたかもしれない。部屋を散らかされたり、眠っているところを叩き起こされて相手をさせられたりすることもなくなる。週末だってゆっくり寝て、シュンのビデオを鑑賞できる。

部屋の中でぽつんとテレビに向かっている自分の姿を思い描き、日下はその虚《むな》しさにぞっとした。

いままで当たり前のように繰り返してきた日常なのに、どうしてだろう。満木のいない部屋で食事をしたり、眠ったりする自分を想像すると、恐ろしいほどの虚無感に襲われる。

これは、何だ。

日下は遅蒔《おそま》きながら自分の気持ちを分析し始めた。

嫌いだとばかり思っていた男の存在を自分の中から消去することができない。それは、なぜだ？

決定的なのは、有希の存在だった。自分より前に満木に愛された人間がいると思うだけで、胸を掻きむしられるようにつらい。そういう奴がいるならいっそ自分に構うなと思う一方で、何としても満木を繫《つな》ぎ止めたいと醜く足掻《あが》く自分がいる。鎖に繫いで、部屋に閉じ込めて、飼い殺しにしたい。

……何ということを考えているのだろう。どうしてこんなことを考えてしまうのだろう。

あらゆる思考が一つの真実に帰結する。

好き、なのだろうか。

これが、好き、という感情なのだろうか。

想像していたより遥《はる》かに曖昧《あいまい》で自分勝手な感情に、日下は狼狽《うろた》える。

満木は悄然《しょうぜん》と肩を落としている。少しほつれた長い髪、筋張った手、今は隠れて見えない薄い唇。惜しみなく与えられる、キス。すべてにいまだ慣れない日下は引き起こされる感覚の奔流《ほんりゅう》に戸惑うばかりで、それが甘いのか苦いのかさえわからない。

でも、嫌いではなかった。好きなのだと認めるのにはまだためらいがあるけれど。

正直に言えば、怖いのだ。満木は我儘で強引で、子供のように気紛《きまぐ》れで、どこまで信用していいのかわからない。

野津の冷酷な言葉を思い返す。

野津は自分と満木のつきあいに批判的だった。日下が、満木に負担を強《し》いていると言う。だとしたら、日下とのつきあいにいつ嫌気がさしてもおかしくないのではないだろうか。そうなってしまったら、日下には引き留める手段などない。

不意に、何もかも嫌になって、日下はシートに頭をもたせかけた。

街灯の明かりが、次々に後方へ流れていく。

「俺のすることは、迷惑か」

満木の声が、沈んだ気持ちに追い打ちをかけた。

「そうじゃない。そうじゃないよ。……俺が、悪いんだ。だからさ、もう、やめよう」

「やめようってどういうことだ」

「……もう、俺の家には、来るなってこと」

一瞬の後、満木が声を張り上げた。

「俺は、そんなの嫌だ」

「何で嫌なんだよ。あんた、何で俺にそんなに拘《こだわ》るんだ？　金使って、時間浪費して、こんな嫌な思いしてまで俺につきあうことないだろう？　他に幾《いく》らでもいい子がいるじゃないか。ゆ、有希君、とか」

「はあ？」

自分を、抑えられない。有希の名を出してしまったのは、醜い嫉妬《しっと》ゆえだ。三流のメロドラマみたいな台詞を吐いた己に自己嫌悪を禁じ得ず、日下は窓に額を押しつけた。

そのせいで、気づかなかった。日下の台詞を聞いた途端、満木が目を細めたことに。

「じゃああいつ、おまえにはあのことを言わなかったのか？」

「……あのこと？」

何を言っているのか、日下にはわからない。

満木はいきなり殊勝《しゅしょう》な態度を脱ぎ捨てた。

「おまえそれを聞いていないくせに、そんな駄々こねてやがんのか！　……、こんの、馬鹿がっ！」

「痛いっ」

二の腕を握られて日下は悲鳴を上げた。満木は日下の抗議になど頓着せず、顎を掴んで自分の方に向かせる。

「馬鹿馬鹿馬鹿！　勝手なことばかり言いやがって！　有希とは別れたんだよ！　今はおまえとつきあってんだ！　いーかげんにわかれ、馬鹿！」

「馬鹿馬鹿言うな！」

「馬鹿だから馬鹿って言ってんだ！　別れるだぁ？　何を生意気言ってやがんだ。俺と別れたら、おまえ一人ぼっちじゃねえか。友達もいないくせに」

日下の瞳が大きく見開かれる。

満木が気づいているとは思ってもいなかった。

と、言うより、そんなことに気づいて欲しくなかった。

みっともない自分なんて知らないでいて欲しかったのに。

「そんなの、あんたには関係な――」

「いじいじしてんじゃねーぞ。時間の浪費だぁ？　浪費だと思ってたら来やしねえよ。変に気を回して、拗《す》ねてんじゃねえ！」

「俺は、あんたのためだと思って……」

「てめえの一番むかつくことはなぁ、そーやって一人で完結することだ。気になることがあるんなら聞けよ！　むかついたならちゃんと文句言え！　んで、哀しいんなら、俺の胸で泣け！」

満木が胸を張る。日下は瞬《まばた》きを繰り返した。

頭が上手く働かない。

拘束を解こうと、緊張のあまり震える指で顎を押さえる手を引っ張る。目を伏せ神経質に顎のラインを擦る日下に、満木は鬱陶《うっとう》しそうな視線を向けた。

「あのな。おまえにとって、俺は何なんだ？　まだ邪魔なだけの無神経男か？　何も言えないほど信用ならねえのか？」

思いも寄らぬ訴えに、日下はたじろぐ。

だって、言えない。

言うべきことなんてない。

言えば、泣き言になってしまう。そんな醜い自分は、見せたくない。

それを、そんなふうに思っていたなんて、知らなかった。

「そんなふうに、黙り込んで一人で泣くな」

「……泣いてなんか、いない……」

「自分で気づいていないのか？　いいからこっちへ来い」

頭が鷲摑《わしづか》みにされ、満木の胸元に押しつけられる。強健な腕にしっかり包み込まれ、日下は少しもがいた。

「ここ、タクシーの中……」

「だーから、んなこと気にすんなって」

満木の言葉に、運転手がわざとらしい咳払《せきばら》いを返す。うるせえぞと吐き捨て、満木は日下の髪に鼻を埋めた。

あたたかかった。

じわじわとぬくもりが滲《し》みてくる。

満木は柔らかな声で繰り言を続けている。

「一年だぞ。一年一緒にいるのに、おまえは何も俺に話してくれねー。俺はおまえのことは何も知らないままだ」

日下はぼそぼそ応えた。

「知っているじゃないか。シュンマニアなこととか、どんな食い物が好きかとか。そんなこと知っているの、あんただけだ」

満木は顔を歪めると、日下を抱く手に力を込めた。

「おまえの家族のことは、一度も聞いたことがねえ」

「かぞく……」

少しの逡巡《しゅんじゅん》の後、日下は何でもないことのように語った。

「何も言うことなんか、ないから。母は俺が小学生の頃に男を作って出て行っちゃったし、父親は一年前に死んだ。……あんたと初めて会った夜、あの前日が葬式だったんだ」

「…………」

満木はさらに強く日下を抱いた。少し苦しいくらいの圧迫感に、安堵を覚える。好きだと何度も言われたが、本当に好かれているのかもしれないと思ったのはこれが初めてだった。

こっそり満木のシャツを握り締め、日下は強く目を閉じる。

五年に及ぶ闘病生活の末、日下の父親は死んだ。そばで見守ることしかできなかった日下には長くつらい年月だった。

でも、そのお陰で満木と出会えたようなものである。これが幸運だったのか不運だったのかわからないが、満木は確かに唯一《ゆいいつ》の家族を失い、空っぽになった日下の支えになってくれた。

つんと鼻の奥に痛みが生まれ、日下は歯を食いしばる。

泣きたくなんかない。

泣いてしまったら、満木はもっと自分を可哀想だと思うだろう。そんなのは、嫌だ。満木に、弱い自分なんて見せたくない。

そういうのが、満木には不満なのだろうかと、日下はふと考える。

だとしたら自分は永遠に満木を満足させられそうもない。日下の中には誰にも見せたくない扉が沢山あるのだ。

「お客さん、着きましたよ」

運転手の非情な声に、二人はやっと体を離した。満木が金を払っている間に、日下はさっさとアパートの階段を上り部屋の鍵を開けると、風呂に湯を張り始めた。

タオルと着替えを引っ張り出していると、ようやく満木が玄関に姿を現す。靴の踵を擂《す》り合わせるようにしてぞんざいに靴を脱ぎ散らかすと、満木は日下に向かって一直線に突き進んできた。目が剣呑《けんのん》な光を湛えている。

条件反射で逃げ出そうとしたが、狭いアパートには避けるスペースさえない。あっさり捕まえられ、満木に首を絞《し》められた。

「どーして先に行くかなーっ。金払っている間くらい、待っててくれてもいいんじゃねーかなー」

「く、苦しいっ！　やめろっ！」

両手がタオルで塞がっていて、うまく抵抗できない。日下は玩具《おもちゃ》のように満木に振り回された。

ぜいぜい言いながら身を振りほどき、日下は満木を睨みつける。

「あんた、いやなことがあったらはっきり文句言えって、言ったよな。こーゆーのは、やめろ！」

「文句言えとは言ったけど、聞いてやるとは言ってねえ」

絶句している日下を後目《しりめ》に、満木は風呂場を覗《のぞ》き込む。

「あ、俺、先入るな」

その場でがんがん服を脱ぎ始める満木を止めることなど勿論できず、日下は唇を噛んだ。

何なんだ、この男は。

すっぽんぽんになると、満木はくるりと日下の方を向いた。日下は思わず目をそらす。満木は日下の様子には頓着せず、ずかずか近づくと手の中のタオルを一枚奪って浴室に姿を消した。

後には真っ赤になった日下が残った。

腕の中のタオルをぎゅっと抱き締める。

数時間前の欲求がいきなり復活していた。

大体、満木の体がいけないのだ。日下と異なり鋼《はがね》のように引き絞られた肉体は文句なしに美しく、腕とか腹とかの筋肉を見るとなんとなくキてしまう。おまけに一糸纏《まと》わぬ姿を晒《さら》して、アレまで、見せつけて……。

貫かれる時の感覚を思い出してしまい、日下は身を震わせた。

だからと言って風呂の中まで満木を追いかける勇気などない。

脱ぎ散らかされた衣服を一つ一つ摘《つま》み上げながら、日下は思う。

今日は、するよな。

今朝もしなかったし。昨日は来なかったし。

うん。

焦《じ》れる体を騙《だま》しながらテレビをつける。だが、中身など全然頭に入ってこない。満木が風呂を終えるまでの時間は永遠に思えるほど長かった。

浴室のドアが開く気配に、はっと腰を浮かせる。だが、待っていたのだと気づかれたくなくて、日下は慌ててまたテレビに視線を戻した。

満木は——まあ満木だから当たり前なのだが——恥じらいもなくまた全裸で現れると、そのまま簞笥《たんす》の前に行き、自分の着替えを引っ張り出した。

テレビに釘づけになっている日下にちらりと目をやる。

「いい風呂だったぜ。おまえも入れば？」

「う……、うん」

ぎこちなく頷くと、日下はそそくさと風呂に飛び込んだ。うわの空で体を洗い上げ、マッハのスピードで飛び出す。

寝室にしている奥の和室の電気は、すでに消えていた。

まさかと思いながらベッドに近づくと、満木がきちんとスウェットを着込んで眠っていた。

太平楽な表情で。実に幸せそうに。

日下は愕然《がくぜん》とした。

嘘だろ。

「み、満木……？」

揺すってみても、目覚める気配はない。

脱力感に襲われ、日下はへなへなと座り込んだ。やり場のない憤《いきどお》りが胸の中で暴れる。

どうしてこんな時ばかり良い子なのだ、こいつは。

叩き起こしてやろうかと思ったが、その後なんと言って誘うのかと考えるとやはりためらいが勝り、日下は情けない思いでベッドに腰を下ろした。

「ばか」

やっぱり自分と満木は、合わない。決定的に、合わない。

諦《あきら》め切れぬ思いでベッドに潜り込むと、満木がうんと唸って寝返りを打ち日下を抱え込む。満木は日下のベッドで眠る時は必ず日下を抱き枕にするから、無意識の行動であるのはわかっていた。

ほかほかとあたたかい腕の中に落ち着くと、日下は満木の胸元に顔を擦り寄せ目を閉じる。

やっぱりこいつとは、別れる。

そう固く胸に誓いながら。

つぐない

至上の幸福。

今、日下《くさか》はそれを味わっている。

夜が明けたばかりだった。街はまだ微睡《まどろ》み、しんと静まりかえっている。

日下は愛《いと》おしげな視線を、右手に向けた。日下の肩に寄り添うようにして野津《のづ》が眠っている。ピンクのシルクに包まれた細い肢体は造り物のように美しい。

思い出すだけでぞくぞくした。

日下は昨夜、この体に触れた。

ほっそりした腰や、すんなりと伸びた脚線美が鼻血ものだった。それに、胸元を飾る二つの桃色のつぼみ。恥ずかしそうに顔を赤らめながらも彼はそれらを隠さず見せてくれた。壊れ物を扱うかのような手つきで丁寧に服を脱がせる日下に、抵抗することなくすべてを委《ゆだ》ねて。

何もかも夢のようである。

だが、夢でない証拠に野津が目の前で眠っている。色素の薄い髪が逆光に透け、金色に光っている。

赤ん坊のようにみずみずしい肌に我慢がきかなくなって、日下はそっと手を伸ばした。寝乱れて目元を覆っている髪をのけてやる。

「ン……」

サクランボのような唇から溜息《ためいき》が漏《も》れた。日下は思わず動作を止め、息を詰めて様子を窺《うかが》う。

彼は目を覚まさなかった。幸福そうな笑みを浮かべ、落ち着く場所を探しているのだろう、甘えるように日下に擦《す》り寄って来る。

やがて落ち着いた彼の両腕は、しっかり日下の右腕を抱え込んでいた。

なんて、しあわせなのだろう。

日下は微笑《ほほえ》みもう一度目を閉じた。

まだ朝は早い。それに今日は土曜日である。彼の眠りを妨げる必要はどこにもない。

以前会った時は随分苛《いじ》められたが、日下は野津が嫌いではなかった。ルックスがもろ好みなのもあるが、何よりそのはっきり物を言える性格が羨《うらや》ましかった。

日下はここぞという時に言いたいことが言えたためしがない。いつも後でうじうじと後悔する。そんな自分が嫌だったが、どうやって直したらいいのかわからなかった。こうすればよかったのだと気づくのは必ずことが済んでしまった後なのだ。

野津は自信に満ちていて、そんな自己嫌悪とは無縁のように思えた。

誰からも愛され、やるべきことを心得ており、またそれを実現するだけの行動力を持つ男。

野津はきっと、日下のように孤独だからと言って好きでもない男を受け入れ、流されたりしない。

野津とは昨夜、偶然飲み屋で会った。

会社の新年会で訪れたその居酒屋は、随分おしゃれな造りをしていた。黒塗りの梁《はり》が剝《む》き出しになった内装に、緋《ひ》の壁掛けが美しい。テーブルやカウンターも黒。薬味入れやランチョンマットも凝っている。雑誌などでもよく紹介されるらしい。

仕事がおして一人遅刻してきた日下は、二階の座敷へ上る階段を探してぐるりと店内を見渡した。そしてカウンターに座る野津を発見した。ほぼ同時に野津も日下に気づいたようだった。真っ黒い、底知れぬ光を湛《たた》えた瞳が日下をじっと見つめている。

以前会った時にぶつけられた敵意を思い出した日下は棒立ちになった。挨拶をすべきなのだろうが、また冷たくあしらわれたらと思うと言葉が出てこない。

しかしすべては杞憂《きゆう》だった。野津が先に華の顔《かんばせ》をほころばせて会釈してくれたのだ。

野津は男連れだった。

座っていても長身だとわかるいい男だった。長い脚を窮屈そうに折り曲げてスツールに座っているのが憎たらしい。仕立てのいい、つまり高そうなスーツを着ている。

馴《な》れ馴れしく野津に接する態度は、単なる友人に対するものではない。今も胡乱《うろん》な目つきで日下を観察している。その目は近づいてくるものが自分の恋敵《こいがたき》か否《いな》か判断しようとする、嫉妬《しっと》深い男のそれだ。日下はどうやら論外と判断されたらしい。ふふんと鼻で笑うと、男は野津に何やら話しかけた。野津の口元に笑みが浮かぶ。

かあっと頭に血が上った。

くるりと踵《きびす》を返し、落ち着けと自分に言い聞かせながら店の奥に足を運ぶ。自分を嘲笑《あざわら》っているると思うのは被害妄想にすぎる。だが、惨《みじ》めな気持ちは抑えられなかった。日下が男として負けているのは確かだ。……別に野津にアプローチしようだなんて大それたことを、その時は考えていなかったのだけど。

黒い前掛けをした店員をようやく捕まえ会社名を告げると、威勢よく座敷まで案内してくれた。

二階への階段を上がると、真正面に廊下が延びている。左側に膝くらいの高さの狭い上がり框が設えられており、襖《ふすま》の向こうが座敷になっていた。

示された部屋に靴を脱いで上がり込む。

襖を開けた途端、酔っぱらいたちが口々に話す声がうわんと一まとめに耳に飛び込んできた。あまりの姦《かしま》しさに圧迫感さえ覚え、日下は踏鞴《たたら》を踏む。

宴は盛り上がっていた。

料理はつつき回され、ビールの空き瓶《びん》がそこら中にゴロゴロしている。もう皆席についてなどいない。気の合う者同士で固まってお喋《しゃべ》りに興じたり、上司に酌《しゃく》をしたりしている。

日下は圧倒されつつも、空いている席を探した。

迷うまでもなかった。赤ら顔の上司が日下に向かって手招きしていた。

「おお、ようやく来たか。遅いじゃないか」

「すみません、仕事が終わらなかったものですから」

「いいからコップ出せ、コップ」

同僚の赤塚《あかつか》に促《うなが》され、日下はきょろきょろあたりを見回した。隣のテーブルに伏せたコップが残っているのを見つけ、お手拭きごと奪ってくる。

なみなみと注がれたビールに口をつけるふりだけして、日下はグラスを置いた。仕事が忙しく、昼におにぎりを二つ食べただけだったのでとても腹が減っていた。テーブルの上の残飯を物色したいが、上司は日下に食事をする暇を与えない。

「一度君とはゆっくり話をしてみたかったんだよ」

そう言ってにじり寄ってこられては、拝聴しないわけにはいかない。

「確か君と飲むのはこれが初めてだったね」

「はい、すみません。いままでは欠席で……」

そう。入社して二年近く経《た》つのに、日下は会社の飲み会に参加したことがなかった。忘年会も送別会も同僚に誘われた飲み会もすべて欠席。実は学生時代もコンパに出席した経験はない。

「君ねえ、仕事さえすればいいと思っているかもしれないが、社会人になったら飲み会に出るのも仕事のうちだよ。こうやって飲んで、腹を割って話し合うことによって理解を深めてだね……」

いきなり説教モードでとばし始めた上司に、日下は頷《うなず》いた。

いい加減に聞き流しているつもりはなかった。日下とてサボりたくてサボっていたわけではないのだ。仕事を離れて話してみたい人もいたし、翌日楽しそうに飲み会での出来事を語られると羨ましく思った。

「……それに君、前の部署では残業を拒否していたっていうじゃないか。いくら定時になったからと言って、それで仕事が終わりになるってわけじゃないんだよ……」

それも本当だった。日下は毎日ほぼ定刻に退社していた。仕事をしていないわけではない。こなしきれない仕事は早朝出勤や昼休みをつぶすことによってきちんと消化していた。同僚のように煙草《たばこ》休憩をとったりもしない。

だが、上司や先輩より早く帰ってしまう日下は反感を買った。一度、上司に呼び出されて厳しく叱責されたこともある。日頃大人《おとな》しい日下がこの時だけは反抗した。入社の際に残業はできないという条件で入った、その件については人事に確認してくれとはっきり主張したのだ。

通常だったらそんな話がまかり通るはずがない。上司はその場で人事に問い合わせ、沈黙した。

その頃から日下は飲み会に誘われなくなった。仕事以外で話しかけられることもなくなった。コネで入社し、ろくに仕事をしないのに特別扱いを許されている最低な奴だという噂《うわさ》を会社中に流されたせいだ。

日下は、否定しなかった。

本当のことだったからだ。父の友達がこの会社の重役を務めていた。その人がいなければ、こんなふざけた条件で入社などできなかっただろう。

理由を言えば、違ったのかもしれない。だが、言い訳はしたくなかった。

日下はただ黙々と働き、定時に帰り続けた。

そして去年の秋、異動の辞令が下りた。まるで日下へのいやがらせのように、残業が当たり前の厳しい部署だった。だがその頃には定時に帰らねばならない理由が消滅していたので、日下は喜んで拝命した。それまでの自分が舐《な》めたことをしている自覚はあった。これまでの分を取り戻したかった。

だが、嫌われているのは相変わらずだった。いまだに友達といえる存在は社内に一人もいない。今日の遅刻も赤塚ら同僚に仕事を押しつけられたからだ。

「……協調性というのも大事なんだよ。効率よく仕事を進めるためにはお互いに心を開いて、わかりあってだね……」

「はい」

上司はくどくどと同じ話題を繰り返し説教する。日下は静かに耳を傾けごく素直に頷いた。

何度目かの相槌《あいづち》の後、不意に上司の言葉が途切れた。

不思議に思った日下が上司の顔を見上げると、アルコールで血走った目が日下を睨《にら》み据えていた。

「きっ、君は私を馬鹿にしているのかっ　ハイハイハイハイ頷けばそれで済むと思っているんだろうっ！」

勢いのままふくよかな手が振り下ろされる。叩かれた卓がぱあんと鳴った。

突然激昂《げっこう》した上司に大声で怒鳴りつけられ、日下は唖然《あぜん》とした。上司の唇は怒りのあまり震えている。顔は真っ赤だ。場はしんと静まりかえり、皆が日下を注視していた。

「いえ、私は別に馬鹿になんか……」

途切れ途切れのか細い声は途中で消えてしまう。言い訳をしたところで理解してもらえる気などしなかった。

周囲から降り注ぐ視線が痛い。多分、騒ぎを見物している皆も、日下が悪いと思っている。つらいとも、哀《かな》しいとも思わなかった。まだアルコールの一滴も飲んでないのに酔ったような気分だ。何もかもが薄皮を隔てているかのように鈍く感じられる。

がちゃんとガラス食器のぶつかる音がした。

近くで飲んでいた女性の一人が、ビール瓶とコップを手に立ち上がっていた。

「あら、課長、コップが空になってるじゃあないですかあ」

真っ赤になって怒っている上司にビール瓶を差し出す。ひやりとしたが、上司は素直にコップを差し出した。

「俺はなっ！　こいつに社会常識というのをだなっ！」

誰かが日下の袖を引っ張った。

「こっちいらっしゃい。あの人、怒り上戸《じょうご》なのよ。いっつも酔うとああなの。明日には忘れているから、気にしない方がいいわよ」

「でも……あの人」

上司は、日下のことを忘れたかのように、ビールを注いだ女性にわめき散らしていた。上手《じょうず》にいなしてはいるが、さぞかし不快だろうと日下は思う。

「だいじょーぶ。慣れているから」

卑怯《ひきょう》だと思いながら日下は撤退した。そのまま女性のグループに連れてゆかれる。

「日下君、飲めるんでしょ。コップ出してー」

「あっ、すいません、腹減りすぎて気持ち悪くなりそうなので、ビールはちょっと」

「そういえば、日下君、今日昼休み取ってなかったよね？」

「駄目だよー、ちゃんと食べなきゃあ。烏龍茶《ウーロンちゃ》とオレンジジュース、どっちがいい？」

冷たい烏龍茶で喉を潤し、日下はほっと息を吐いた。料理も取ってもらい、ようやく人心《ひとごこ》地《ち》つく。

「ありがとうございます」

微笑むと、女性陣はじいっと日下の顔を見つめた。

「何かついていますか？」

「ううん。日下君が笑った顔、初めて見たなって思って」

「あ、そうか。どうりでいつもと違う気がしたー」

あっけらかんと言われ、日下は苦笑した。

「忙しくて。みなさんは、経理？」

「大体はね。彼女は秘書で、彼女は総務」

一人ずつ紹介され、日下は丁寧に挨拶する。途中で上司に絡《から》まれていた女性も戻ってきた。潰《つぶ》してやったわと笑っている。見ると、上司が座布団を枕《まくら》に高鼾《たかいびき》をかいていた。

仕事にまつわる雑談が始まる。最初は和やかだったのだが、だんだんと雲行きが怪しくなってきた。彼女はいるのかとか、週末は何をしているのかとか質問責めにされ、日下はたじたじになる。

日下は座敷の端、開いた襖を背にして胡座《あぐら》をかいていたのだが、女性の一人がふと背後の廊下へと目を遣《や》った。

「うわ、すっごい綺麗《きれい》な人」

つられて皆が顔を上げる。日下も振り向こうとしたが、それは果たせなかった。温かい重みが背中にのしかかってきたからだ。

「はぁい、日下」

鈴を振るような声に、日下は硬直した。

「の、野津さん……」

「ふふ。あたり」

ずり落ちようとする体を日下は慌てて支えた。どきどきしながら体に手を回し、座敷の端に座らせる。

野津の体にはまるで力が入っていなかった。くらげのようにぐにゃぐにゃで、手を放すと崩れてしまいそうだ。

「飲みすぎですよ、野津さん」

「ぜーんぜん飲んでないよー。水ちょうだい」

「あ、あたし貰《もら》ってきます！」

立ち上がろうとした日下を制して横にいた女性が走った。日下は野津の体を抱え直す。白い頬《ほお》がピンクに染まってなんとも言えず色っぽい。強すぎるアルコールに潤んだ瞳が劣情を刺激する。

「はい！」

差し出された冷たいグラスを受け取ると、日下は野津に渡そうとした。野津は一応自分で飲もうとする素振《そぶ》りを見せるもののあまりにも手つきが心許《こころもと》なく、手を添えて飲ませる。溢《あふ》れた水が筋になって野津の喉元を流れ落ちた。しまったと思った瞬間に、すかさずお手拭きが差し出される。

ん？

ふと気がつくと、周囲の女性が目を輝かせて野津を見つめていた。

「日下君の、お友達なんですかぁ？」

「え、あの……」

日下は戸惑った。

友達だと答えたら、野津が怒りそうな気がする。友達の友達というのにも抵抗がある。満木は友達なんかでは断じてないからだ。満木を何とカテゴライズすればいいのか、日下にはわからない。

悩んでいると、野津がコップを持っていない方の腕を日下の首に回した。無防備にもたれかかり、ふんわりと美しい笑みを浮かべる。

「お友達だよ。とぉっても、大事な。ね？」

あれだけ刺々《とげとげ》しかった野津がこんなふうに言うのはおかしい。そんな警戒心は甘えた仕草に粉砕された。野津の微笑みはどんなアルコールより日下を酩酊《めいてい》させる。日下はうっとりと腕の中の麗人《れいじん》を見つめた。

だが、幸せは長くは続かなかった。

荒々しい足音が響いたかと思うと、階段の下から長身の色男が姿を現した。さっきと異なり黒いコートをまとい、野津のであろう、グレイのコートを腕に抱えている。男は野津の姿を捉えるとほっとした表情を見せた。

「彬《あきら》」

明らかに野津に向かって呼びかけ、大股《おおまた》に日下たちのもとへ近づいてくる。

それで初めて日下は野津の下の名前を知った。

この人の名は、あきらというのか。

猛烈な嫉妬を覚えた。野津を抱く手に無意識に力が込もる。

男は愛想よく笑うと、野津に手を伸ばした。

「何してるんだ、こんなところで。ああ、皆さんすみません、彬がご迷惑をおかけして。すぐ連れて行きますから」

「触るな」

野津が不機嫌に言った。

構わず野津を抱きかかえようとした男の腕を、日下が遮る。恋人だか何だか知らないが、野津が嫌がっているのだ。絶対に渡す気はない。

「何だ、君は」

男が声を荒らげる。余裕のない怒気を浴びせられ、日下は内心すくみ上がった。腕力には自信がない。腕ずくで来られたら、ひとたまりもないだろう。

だがここは飲み屋のお座敷だ。他人の目があるし、そう強引なことはしてこないだろうと瞬時に計算する。

「野津さんは俺が連れて帰りますから。どうぞご心配なく。お引き取り下さい」

「何だおまえは。そんな言葉信用できるか。さあ、彬」

即座に『君』が『おまえ』に格下げされる。男が野津の腕を取った。野津は気怠《けだる》くその手を振り払おうとする。

「触んなっつってんだろ。俺は彼と帰るの。バイバイ」

「そんなこと言ったって、ろくに歩けないんだろう？　彬、いい子だから」

「馴れ馴れしく名前、呼ばないでよね。触るなつったら触るな」

抵抗する意志を見せてはいるが、野津の声はかぼそい。ぐったりとして今にも眠り込んでしまいそうだ。男もわかっているのだろう、強引に野津を引きずり起こそうとした。

その手を日下が摑《つか》んで止める。

「やめろ。彼が嫌だと言っているじゃないですか」

「邪魔をするな！」

いきなり突き飛ばされ、背中が柱に打ち当たった。一瞬遅れて後頭部がごんっと鈍い音を立てる。角にぶつけた頭を押さえ、日下は唸《うな》った。

「日下君っ」

女の子たちがざわめく。

無理に野津を引き立てて行こうとする男に、日下が再び取り縋《すが》ろうとした時だった。

「いい加減にしろ、しつっこいんだよ！　あんたと寝る気はないって言ってんだろ！」

張りのある罵声《ばせい》と共に、水滴がとんできた。

日下はびっくりして目を瞠る。

野津が座敷から落ちて、床に座り込んでいた。手に空になったコップが握られている。

色男はずぶぬれだった。髪からぽたぽたと水滴が垂れている。野津が飲み残した水だ。

「大人しくしてりゃあつけ上がりやがって。わかったらさっさと帰れ！」

うわ。

これは、キツイ。

初めから騒ぎを見守っていた女の子はもとより、座敷の約三分の一の人間が水の滴《したた》る色男を眺めている。

これだけの人数の前でゲイだと暴露されたのだ。ダメージは大きい。ざまあみろと思いつつ、心のどこかがしんと冷えた。

他人事《ひとごと》ではない。日下は同じ同性愛者で、この男と同じように野津に下心を持っているのだから。

ゆっくり手を上げると男は前髪を掻《か》き上げた。濡《ぬ》れた顔を悄然《しょうぜん》と掌《てのひら》で擦《こす》る。

「あ――……、その」

思いもかけない反撃に呆然としつつ、男はなおも野津を見つめていた。

ごくりとつばを飲み込み、もう一度神経質に髪を掻き上げ、その場を取り繕う。

「飲みすぎた、ようだね、彬。今日は帰るよ。君、彬をよろしく」

日下が何か言う前に、野津は日下の手に縋った。

「余計なお世話だ。……日下、起こして。立てない」

男に対しては取りつくしまもない冷たい口調だったが、後半は甘くとろけるような声だった。日下を見上げ、うっとりするような微笑を浮かべる。

くらっときた。

それからぞっとした。これはあてつけだ。

男は野津のコートを座敷の端に置くと、逃げるように去っていった。男が消えると、野津は限界だとばかりに畳の上に寝転がった。

「大丈夫ですか」

「大丈夫じゃない。ご協力、ありがとな」

桜色の唇を薄く開き荒い息をつく様がまたそそる。日下はここぞとばかりに野津のしどけない姿を鑑賞しつつ、甲斐甲斐《かいがい》しく頭の下に座布団を敷いてやった。

「駄目じゃないですか、オオカミの前で飲みすぎたりしちゃ」

「飲んでないって言っただろ。ビール一杯飲んだだけ。俺、ザルなのに、そんなんでこんなに酔うわけない。あいつに一服盛られたんだ」

「ええっ」

うっそぉーと女性陣が色めき立つ。

そんなドラマみたいなことが本当にあるのだろうかと、日下も唖然とした。

「俺、綺麗だから、よく客に惚《ほ》れられちゃうんだよね。俺は全然そんなつもりなんかないのに。大口の客だからまめに接待もしてやったけど、誤解すんなっつーの。接待っつっても下《しも》の世話まではしないっつーの」

ははは、と力なく笑って、野津は目を閉じた。額《ひたい》にうっすら汗が浮いている。

「それは……、大変ですね」

「うん。大変。もー、駄目。全然体が動かない。悪いんだけどさ、日下。送ってってくれない？　今日、車で来てるんだ。置いていくわけにはいかない」

「あ、でも……」

送っていきたいのはやまやまだった。野津と親しくなれる大チャンスなのだ。だが、飲み会の後には二次会が控えていた。若手の男は全員参加が鉄則だと聞いている。酔って普段よりさらに横暴度を上げた上司の講釈を拝聴せねばならないという噂だ。

「いいわよ。行きなさいよ。課長には私から言っておくから」

「え」

「日下ぁ、頼むよー」

弱々しい声で甘えられると、もう駄目だった。上着を取ると日下は立ち上がった。

「それじゃあ、すみませんが」

「うん、気をつけてね」

野津の体を支えながら階段を下りるのは重労働だった。こんなことなら体を鍛えておくのだったと思いつつ、日下はよろよろと店の裏手の駐車場に向かった。女の子たちが気をきかせて、上着を運んでくれる。なぜだか手ぶらのコまでぞろぞろとついてきている。

駐車場内を見回して、日下は見覚えのある車に目を見開いた。

カウンタックだ。

日下の顔から血の気《け》が引く。こんな高価な車を運転し無傷で目的地まで行き着く自信など欠片《かけら》もない。しかし今更野津を放り出せない。

日下の懊悩《おうのう》も知らず、野津がにやりと唇を歪《ゆが》める。

「懐かしいだろ。鍵は上着の内ポケットに入ってるから」

ついてきた女の子たちも仰天していた。ハンサムな上に金持ち。野津を見る目に熱がこもる。

日下は野津を助手席に押し込むと、指示通りポケットを探って鍵を取った。荷物を受け取り女の子たちを帰らせてから運転席に納まり、震える手でエンジンをかける。

どうしてもっと安い車に乗ってきてくれなかったのだと、日下はほんの少しだけ野津を呪《のろ》った。

「家、どこですか」

「あ――……、あ、満木《みつき》んちでいいや。あっちの方が近いし」

「え」

野津はそれだけ言うと、目を閉じてしまった。日下が満木の家を知っていると思っているのだ。だが、日下は知らない。

つけ上がるのが目に見えているので、普段日下はできるだけ満木に興味を示さないようにしていた。満木も、自分の家については話したことはない。

「満木の家ってどこですか？」

「どこって……、え、知らないの⁇」

日下は気まずく頷いた。野津はきょとんとしている。

「何で。おばさんに会いに行ったりしないの？」

盛られた薬のせいで、頭までぼけてしまったのだろうか。素《す》っ頓狂《とんきょう》な問いかけに、日下は苦笑した。

「そんなことできるわけないでしょう」

日下は女性ではない。男なのだ。

ああ、それとも、と日下は思い直した。

野津がこう言うからには、満木の家はそういうことにオープンなのかもしれない。今までにも満木は男の恋人を連れて行ったことがあるのかも。

なぜか鳩尾《みぞおち》のあたりが重くなり、日下は気づかれないよう奥歯を噛《か》み締めた。

「ふうん」

野津は日下の横顔に当てていた視線を外す。

「じゃあ……、君ん家《ち》でいいや……」

「え、でもうち、布団ひとつしかないですけど。あの、野津さん？」

返事はなかった。顔を覗《のぞ》き込むと、野津は眠っていた。薬のせいだろうか。呼吸が速く浅い。

日下はふっと息を吐いた。日下に眠り姫を起こす勇気はなかった。

ゆっくりと車を発進させる。

高い車なだけはある、スムーズで滑《なめ》らかな動きだった。

奇跡的にどこにもぶつけず帰り着くと、日下は車をアパートの真ん前に横づけしたまま野津の肩を揺すった。

お姫様だっこして部屋に運べれば格好良いのだが、日下の腕力では落とすのが必至である。むにゃむにゃ言うばかりでなかなか目を開けない野津を何とか起こし、背中に縋らせる。眠っている人間は重く感じられる。子泣き爺《じじい》もかくやと思うほど重い小柄な体を背負い、日下はアパートの階段を上った。上っただけでへばりそうになり、足ががくがく震える。

部屋の前に到着すると、日下は鍵を開けるために野津を下ろした。

ここまでくればあと少しである。解錠し、もう一度おんぶしようとしゃがみ込むと、野津は下ろした一瞬の隙に眠ってしまったようだった。砂っぽい廊下に座り込み、壁に寄りかかったまますずるずる斜めに倒れてゆく。どんなに揺すっても反応しないので、日下は両手を首に回させ、子供を抱きかかえるようにしてベッドまで運んだ。

そっと下ろしたかったが、体力の限界だった。半ば投げ出すように下ろすと、野津の体重を受けとめたスプリングがぎしぎしと唸った。

野津は甘い匂いがした。

靴を脱がせ、ひとまず車を移動しに行く。

カウンタックを大家の私道に入れていいかげんにカバーを掛けてから戻ると、野津はうっすらと目を開いていた。だが、意識は眠ったままのようだ。普段は黒曜石のように光る瞳が濁っている。

「くさか……？」

舌っ足らずな声が可愛い。

日下がそっと前髪を掻き上げてやると、野津がまた口を開く。

「日下、服。スーツが、皺《しわ》になる……」

回らない舌でそれだけ言うと、野津は物言いたげに日下を見つめた。

日下は戸惑った。

どうしろと言うのだろう。

スーツが皺になったらみっともない。皺を防ぐには、ハンガーに掛けるのが一番である。

だが、野津が着ていては、ハンガーには掛けられない。

野津は盛られた薬のせいで動けないらしい、横たわったまま動かない。自分で着替えるのは無理だろう。となると、日下が脱がせるしかない。

信じがたい結論に達した日下はそわそわした。

夢じゃあるまいし、そんなおいしいことがあるわけがない。落ち着け、よく考えろと自分に言い聞かせる。しかし、他の可能性など思いつけない。

動かない日下に焦《じ》れたのか、野津が再び可愛い唇を開いた。

「日下、脱がして」

日下は野津を凝視した。日下の推理は間違っていなかった。

甘ったるい声に操られ、おずおずと野津の体に手をかける。ボタンをひとつ外すごとに心拍数が上昇する。

全く協力してくれないマグロのような体に苦労しつつ上着を脱がすと次はスラックスだ。

ドキドキしながらベルトを外してみるが、野津に嫌がる様子はなかった。

ファスナーを下ろし、引き下ろす。現れた足はすらりとしていた。太からず細からず。理想的なフォルムにつ い撫で回しそうになる。

驚いたことに、野津の足には脛毛《すねげ》がなかった。一瞬剃《そ》っているのかと思ったが、産毛が生えているところを見ると、非常に薄いだけらしい。

肌が白いのと相まって、エロティックだ。

日下は立ち上がると、スーツをハンガーに掛けた。その背中に野津がさらに要求する。

「シャツも」

………………。

鼻血が出そうだった。

この人は、自分がどれだけ魅力的かわかっているのだろうか。あるいは、まさかとは思うが、誘っている……？　もしそうだったら、どうしよう。

震える指でボタンを外す。

ゴムは満木が持ってきたのが残っていたはずだ。潤滑液はどこにしまってあったっけ。

ひとつ外す毎《ごと》に見えてくる鎖骨に、桜色の突起に、くぼんだ臍《へそ》に、日下はうっとりと魅入《みい》る。

ワイシャツを脱がし終わると、野津は満足げににっこり笑った。そして日下に言った。

「サンキュ。おやすみ……」

眠りの淵《ふち》に吸い込まれていく野津を、日下は呆然と見送った。

こんなのって、あり？

情けない気持ちで野津を見下ろす。魅力的な裸身を惜しげもなく晒《さら》す野津は、どう見ても食べてくださいと言わんばかりなのに。

……たとえ野津にその気がなくても、今は薬が効いている。日下にでも、強引に犯すことができる。

悪魔に誘惑されたものの、そうできるだけの根性は日下にはなかった。所詮《しょせん》、へたれ男である。

＋　＋　＋

「わあああああっ！　てめーら、何してんだっ！」

次に訪れた目覚めはひどく不快なものだった。

聞き覚えのある乱暴な声に思わず被《かぶ》った布団があっという間に引き剝《は》がされる。失ったぬくもりを求めて伸ばした腕は宙を掻いた。

不承不承瞼《まぶた》を開くと、頭から湯気を噴き出した鬼神がベッドの前に仁王立《におうだ》ちになっている。

そういえば今日は土曜日だった。この男の出現率が最も高い曜日だ。

日下は寝起きのぼーっとした頭で、口元をへの字にひん曲げている男を眺めた。

中途半端な長さの髪が肩に散っている。黒いTシャツの上に引っ掛けたダンガリーシャツはいい感じに着古され、男の持つ獣《けもの》じみた雰囲気を際だたせていた。

ぎしりとベッドが軋《きし》む。

何かが胸元に擦り寄ってきたのを感じ、日下は視線を落とした。

「ううう、ふとん返せよ…。寒い」

テノールが甘く耳元に響いた。

ぴしりと空気が割れる。鬼神の額に青筋が立った。

そうして日下は遅ればせながら覚醒《かくせい》する。己の幸せかつ恐ろしい状況をようやく正しく認識し、蒼褪《あおざ》める。

ベッドの上には野津が横たわっていた。まだ目が覚めないのだろう、ぐずぐずとむずかり

ながら暖気を求めて日下にくっついてくる。その仕草は何とも無邪気で、たまらなく可愛い。

しかし、確かにこれは目の前で牙《きば》を剝いている横暴な獣にとって面白くない状況に違いなかった。うきうきしてやってきたのに、朝の一発ができないのである。

この男がキレるとんでもないことをやらかすことを嫌というほど知っている日下は、何はともあれ彼を守ろうと、目の前の肩に腕を回した。

それがまた鬼神の逆鱗《げきりん》に触れたらしい。ぎりぎりと奥歯を噛み締める音に、部屋の温度が目に見えて下がってゆく。

しかし、満木の怒りの矛先《ほこさき》は日下には向かわなかった。

「何でこんなところにてめえがいんだ。しかも何でそれを着てんだよ!」

指がくい込むのではないかと思う勢いで、鬼神——満木——は彼の肩を摑んだ。ピンクのシルクに皺が寄る。

日下は内心しまったと呟《つぶや》いた。今彼が着ている悪趣味な代物《しろもの》は、この獣が日下にプレゼントしてくれたものだったのだ。

日下は封を開けることさえしなかった。

当然である。ピンクのシルクなど、二十歳《はたち》をとうに過ぎた男の着るものではない。自分が着ても滑稽なだけと、日下は賢明な判断を下した。それなりに質のいい物であるようなので捨てるのも気が咎《とが》め、そのうちガレージセールにでも出そうとしまいこんだまま忘れ去っていたのであるが、昨夜、彼を泊めるにあたり簞笥《たんす》を引っ掻き回してみたところ、待ってましたとばかりに目に飛び込んできた。

彼は日下と違ってすごく可愛い。きっと似合うであろうと、日下は何も考えずにそのパジャマを引っ張りだした。思った通り彼にはとてもよく似合ったのだが、この男にばれてしまうとは。

「脱げ！　このすっとこっ！　さっさと脱ぎやがれっ！」

興奮して彼を剝こうとする満木を止めようとしたが反対に威嚇《いかく》され、日下は窓際まで後退《あとじさ》った。

ぐいと襟元《えりもと》を摑まれ、シルクが滑る。するりと露出した肩を見た日下はごくりと喉を鳴らした。襟元を引っ張られているので、腹部も出ている。ぽっこりへこんだ臍が悩ましい。

彼は半覚醒状態のまま、無抵抗である。このまま全部剝かれてしまうのかと、日下は密かに期待しつつ息を吞《の》んだ。

しかし予想通りにはいかなかった。

突然彼の右手が撥《は》ね上がった。半円を描いた甲が鈍い音を立てて満木の鼻にヒットする。

満木は短い悲鳴を上げて座り込んだ。そう力がこもっていたようには見えなかったが、よほど痛かったのであろう。両手で鼻を押さえてうずくまる。

おもむろに彼が起き上がった。

「うるさい」

ベッドの上に胡座を掻き、満木を見下ろす。ほっそりした指で気怠《けだる》げに前髪を掻き上げる些細《ささい》な仕草でさえ映画のワンシーンのように決まっていた。

満木は鼻をかかえたまま彼を睨み上げる。

「何でてめえが日下と寝てんだよ。日下を苛めてたじゃねえか」

「だから何？　何か文句あんの？　こいつは別に満木のモノってわけじゃないだろ？」

俺のモノだ、と断言するだろうと日下は思ったのだが、満木は忌々《いまいま》しそうに口端を引き結んだのみだった。

意外な反応だった。これはつまり満木が、日下にそこまでの執着を持っていないということなのであろう。

続いて野津は完璧《かんぺき》な唇に性悪な笑みを浮かべると、肩越しに日下を振り返った。嫌みたらしくも色っぽい仕草で日下の腰に手を巻きつけ、抱きついてくる。

「だったら二人の甘ーい朝の邪魔をすんなってんだ、ねえ？」

頭を仰《の》け反《ぞ》らせて日下の同意を求める彼は、日下の理想そのものの可愛らしさだった。どこから見てもラブラブな二人を見せつけられ、満木が心安かろうはずがない。

「いい加減にしろよ、野津」

堪忍袋《かんにんぶくろ》の緒が切れたのだろう、地の底を這《は》うようなおどろおどろしい声と共に勢いよく立ち上がる。野津のパジャマの襟首がむんずと掴まれベッドから引きずり下ろされた。安普《やすぶ》請《しん》のアパートに、どすんと地響きがする。

野津はやられたままではいなかった。

畳に背中がつくと同時に体をしならせ拳《こぶし》を突き上げる。その攻撃はぱしんと乾いた音を立てて満木の掌に吸収されたが、その時にはもう右膝がみぞおちを狙って繰り出されていた。

ええー？

二人が散らかった畳の上で取っ組み合うのを、日下はベッドの上で呆然と眺める。

満木の体は引き締まっており筋肉質だ。対する野津は小柄で、ちょっと触ったら折れてしまいそうなくらい華奢である。いくら暴れても、体格の差はいかんともしがたい。猫がネズミをいたぶるようなものだ。

止めようと、日下はベッドの端にいざり寄った。しかし、くんずほぐれず取っ組み合う二人に上手《うま》く割って入れず、おろおろと隙を窺う。

そのうち意外にも、二人がほぼ対等に渡り合っているのに気づいた。

乱暴なようでいて満木はちゃんと手加減していた。顔や急所を避け、何とか怪我《けが》をさせずに押さえ込もうと苦心している。

対する野津は容赦がない。武道の心得があるのか、無駄のない動きで満木をかわし、隙あらば急所に一撃をかまそうと狙ってゆく。

勝負は一瞬でついた。

うっと短い声を漏らし、満木が股間を押さえて丸くなる。

脂汗を流して苦しんでいる友達に冷笑を浴びせ、野津は優雅に立ち上がった。ひらひらと片手で顔を扇ぐ。

「あーもう、朝から汗かいちゃっただろ。日下、風呂、貸して」

「あ…、うん。その右手のガラス戸が風呂だから…」

「そ。じゃ、ちょっと拝借するよ」

モデルのような足取りで台所に向かうと、野津はまず戸を開けて風呂場を覗き込んだ。古びたタイル張りの風呂場に脱衣所がないことに気がついたのだろう、不満そうに片眉《かたまゆ》を上げるとおもむろに上衣を脱ぎ始める。

ピンクのパジャマがふわりと足元に落ちた。続いてズボンも脱いでしまう。

トランクスだけになった野津に、日下の目が吸い寄せられる。さすがにそれ以上は脱がず風呂場に野津が消えると、深い溜息が吐き出された。

眼福であった。

「てめ、いつまでも何見てやがる…」

しわがれた声にはっと腰を浮かすと、満木がようやく起き上がったところだった。まだ少し顔色が悪い。

「ええと……、その、……大丈夫か？」

何と言うべきか迷った末、あたり障りのないことを言うと、満木は鋭い眼光を日下に向けた。

「おまえ、ほんっとにムカつくぜ。あれは俺がおまえにくれてやったんじゃねえか。一度も着て見せてくれなかったくせに、何で野津に着せてんだよ」

「ごめん」

日下は小さな声で謝ると、満木のそばに膝を進めた。気遣わしげに視線を落とす。

「痛い……よな？」

「痛いに決まってんだろ。信じらんねーぜ。思いっきりやりやがった。俺様の大事な息子に……」

「冷やした方がいいかな」

「いーよ。ほっとけよ。どーせおまえは俺なんかより野津に執心なんだろ」

らしくもなく拗《す》ねた様子を見せる満木に日下は戸惑った。

精悍《せいかん》でいつもエネルギッシュな表情が、今日は何だか不安そうだった。『俺のモノだ』と断言しなかったくせに、変な男である。

どうしたらいいのかわからず見ていると、不意に満木が日下に向き直った。じっと日下を見つめる。日下は視線をそらさなかった。

二人の視線が絡み合う。

ゆっくりと満木の顔が大きくなるなと思っていたら、キスをされた。びっくりして目を閉じると、満木の逞《たくま》しい腕が背中に回り、引き寄せられる。野津がいるのに駄目だと思って抵抗すると、有無を言わさずベッドに押しつけられた。

「ン、ン……っ」

身動きできなくしてから満木が改めて口を塞《ふさ》ぐ。息苦しさを我慢できなくなって口を開くと、待ってましたとばかりに舌を押し込まれた。傍若無人《ぼうじゃくぶじん》に口内を蹂躙《じゅうりん》される。角度を変えながら幾度も吸われ、日下は瞼に力を込めた。

上顎《うわあご》の裏、ざらざらした場所を舌先で擽《くすぐ》られると感じてしまう。満木は最初からいやらしいキスをしてきたが、以前はこんなふうに感じたことはなかった。

その他にも、刺激されるとぞくぞくする場所が増えている。

慣らされつつある。満木という男に。

ただキスをしているだけなのに気持ちよくて、何ともなかった体の芯に火が点《つ》いた。

どんどん周囲が見えなくなって、自分の性感だけに意識が集中する。

今も。

日下は無意識に腕を満木の肩に回し、シャツを摑んだ。強く引き寄せると、溢《あふ》れた唾液が顎を伝う。

野津のことなどとうに頭から飛んでいた。

だから、いきなり満木に両肩を摑まれ引き剝がされた時、日下には何が起こったのかわからなくて、中断された行為の余韻にぼうっとしたまま険しい満木の横顔を眺めた。

「君たち、何やってんの」

――野津の冷ややかな声が耳に入るまで。

満木が取り乱す姿を、日下は初めて見た。

いつも日下を振り回す傲岸不遜《ごうがんふそん》なケダモノが色を失っている。

野津は髪から水滴をしたたらせたまま、大きく目を瞠っていた。腰にタオルを巻いたままの姿はなかなかに扇情的だったが、鑑賞している余裕はない。憧れの君に濡れ場を目撃されて日下自身ひどく動揺していたからだ。

だが、満木の狼狽《ろうばい》ぶりは日下の比ではなかった。

叱られた大型犬のように落ち着きがない。何か言いかけて口を閉じ、後ろめたそうに畳に視線を落とし、それから横目で日下を窺う。まだ自分の腕が肩を摑んでいたのに気づき慌てて体を離し、中腰になったまままた上目遣いに野津を見て。

野津の表情は険しかった。最初の驚愕《きょうがく》は影を潜め、憤懣《ふんまん》がその胸中を駆けめぐっているのが見て取れる。

そういえば野津は満木と日下の交際に反対していた。

苦い記憶を噛み締めながら、日下はそっと満木から離れた。

幸せは掻き消えていた。野津の瞳の中に燃える敵意が哀しかった。

満木はそんな日下の様子に気づきもせず、野津を窺いながら唇を舐めている。どう言い抜けようか考えているのだろう。その様子も日下の神経を逆撫《さかな》でした。

これだけ強引に日下の生活を引っ掻き回しているくせに、開き直ることすらできないのだ、この男は。

日下との関係を後ろめたいと思っているから小さくなっているのであろう。だったら初めから日下などに手を出さなければよかったのに。

忸怩《じくじ》たる思いに駆られ、日下は神経質にスウェットの袖口で口元をぬぐった。濡れた感覚が酷く忌まわしいものに感じられた。

満木は日下に当初ほどの関心を示さなくなっている。

以前は毎晩のように押しかけてきていたのに、体の関係ができてからは三日に一度ほどに減った。モノにして気が済んだ、ということなのだろうか、最近では週末しか現れない。そのうち月一になって、季節に一度になって。ふっつり来なくなるのではないかと日下は時々想像してしまう。

毎日サカられるよりはいいが、それでも相手の関心が目減りしていくのが目に見えてわかってしまうのは気持ちのいいものではなかった。

しつこくしつこくアプローチされ、悔しいことに今では日下も満木に執着心を持っている。こんなもの要らないとしょっちゅう思うのだが、自分の気持ちなのにコントロールできない。馬鹿みたいである。

満木が口を開いた。

「おい、野津の服はどこだ」

反射的に首を巡らせた日下の視線を辿り、満木はハンガーに掛かった野津のスーツを発見した。立ち上がって鴨居《かもい》に掛かっていたそれを引っ摑むと、野津に突きつける。

「送ってやるから、さっさと着ろ」

野津は受け取ろうとしなかった。

腕を胸の前で組み、満木を睨み上げている。十センチ近く身長の高い満木に決して迫力負けしていない。

形のいい唇が開く。

声が出るより早く、満木がドスのきいた声を張り上げた。

「何も言うな、何も聞くな！　とにかく黙って着替えろや。話は後でする。……な？」

最後の『な？』はほとんど懇願だった。

再度スーツを突きつけられ、野津は不承不承受け取った。物言いたげな視線を満木に向けながらシャツに腕を通す。

その間に満木は日下を振り返った。持っていたビニール袋を日下に押しつける。

「悪いけどちっと野津を送ってくるからよ。これでも食って待っててくれ」

日下は受け取ろうとしなかった。むしょうに腹が立って仕方がなかった。

常になく不機嫌そうな日下に満木は心配そうに眉を寄せたが、口から出てきたのは実にピント外れな言葉だった。

「あのよ、あいつに何か言われた……?」

「何も言われてないよ。それからもう戻ってこなくていいから」

そっけなく答えると、満木はほっと表情を緩めた。それから左手で軽く日下の頭を叩く。

「んな心にもないこと言うんじゃねえ」

つくづく勝手な男である。頭に来て手を振り払うと、野津の冷たい声が二人に割って入った。

「満木。用意できた」

おうと答えながら満木が腰を上げる。二人揃《そろ》って出ていき、階段を下りる足音が遠ざかる。

車のエンジンがかかる音がしてから、日下はのろのろと立ち上がって窓を開けた。裏の路地から出ていく真っ赤なランボルギーニ・カウンタックの後ろ姿だけが見えた。

脱ぎ捨てられたピンクのパジャマを拾い上げ、そっと鼻先を埋めてみる。野津の匂いが残っているような気がした。

満木が置いていったビニール袋には料理の詰められたプラスチック容器が入っている。

満木は最近料理さえしなくなった。『たまにはおふくろの味を味わわせてやりたいと思って』なんて陳腐な言い訳をし、家から調理された食品を運んでくる。

これが日下は大嫌いだった。この容器に入っているのを見るだけで、汚れたプラスチック容器を洗う際の嫌な匂いを思い出す。美味《おい》しそうだなんて到底思えない。いつもはちゃんと満木が鍋にあけて温めてから出してくれるから何とか食べられていたが、この状態で渡されて食欲のわこうはずがなかった。

日下はビニール袋を放置すると、冷蔵庫からロールパンを引っ張り出した。カップスープを作り一緒にテレビの前に運んでいく。

パンを齧《かじ》りながら習慣である録画を見始めたが、今週のシュンは奇妙に色褪《いろあ》せているように感じられた。見ていて全然元気がわいてこない。

しょんぼりと膝を抱え、日下はそれでもテレビに齧りつく。他に時間をつぶす方法など、日下は知らない。

＋　＋　＋

「おっはよう、日下くーん」

朗らかな声に、日下は最初、話しかけられているのが自分だと気づかなかった。月曜日の朝、朝礼が済んだばかりで、オフィス内はまだざわついている。日下はちょうどパソコンを起《た》ち上げ、メールチェックをしているところだった。

普段だったら日下に話しかける者などいない。あるとすれば上司や同僚が仕事を言いつける時くらいである。仕事上ほとんど関わりを持たない女の子に話しかけられたのは初めてだ。

「ねえ、日下君ってば！」

肩を叩かれて、びくりと顔を上げる。

飲み会で一緒に飲んだ経理の女の子が、満面の笑みを浮かべていた。

「ええと、珠洲《すず》さん、おはようございます」

「おはよー。名前憶《おぼ》えてくれてたんだ」

日下は微笑んだ。

緩く巻かれた髪が胸の上で揺れている。そばかすの散った頬がチャーミングだ。

「ほら、飲み会の途中で日下君、お友達送って帰っちゃったじゃない？　随分お友達の具合も悪そうだったし、あれからどうしたのかなって皆心配していたんだ」

「ああ」

日下は納得した。野津に興味があるのだ。

「彼、車に乗るなり眠り込んじゃって。しょうがないからうちに連れ帰ったんです。車から部屋まで運ぶの、大変でした」

「うわ。日下君落としたりしなかった？」

「落としそうにはなりました」

くすくすと珠洲が笑う。

赤塚が不機嫌そうに日下を睨みつける。一瞬まずいなと思ったが、日下は珠洲と一緒に笑った。初めから嫌われているのだ。これ以上嫌われても大差ない。

「すごかったよね、ゲイの人とか。男同士の修羅場《しゅらば》って初めて見た！」

「そうですね。俺もびっくりしました。野津さん結構困っているみたいですよ。ああいうの多いらしくて」

自分も『ああいうの』の一人のくせに、他人事のように言う。

「わかるなー。すっごい綺麗な人だったもんねー。私も二人きりになったら襲っちゃうかも」

「うわ、怖いな」

メールチェックを終えたパソコンがピロリロリンと鳴る。いつもよりチェックに時間がかかったことが気になってちらりとディスプレイを見ると、普段の十倍近い件数が受信されていた。いくら休み明けにしても多すぎる。しかも添付ファイルつきばかりである。

ウイルスだ、と気がつき、日下は咄嗟《とっさ》にウィンドウをバーにした。日下のメルアドは仕事上の連絡にしか使っていない。送付元は限られている。一度にこれだけの件数が来ていると言うことは、いやがらせだと思って間違いはないだろう。

珠洲に気づかれると面倒である。何気ない顔をしてディスプレイから顔を上げると、赤塚と目が合った。

ずっと自分たちを見ていたのだろうか。

憎しみのこもった視線に、日下はなんとなくウイルスの差出人はコイツなのではないかと思った。

「日下。仕事中だぞ。いつまで遊んでいる」

神経質にボールペンの尻で机の上を叩きながら、赤塚が言う。珠洲が赤塚に向き直った。

「いいじゃない、ちょっとぐらい」

赤塚の周囲に殺気が漂い始めた。

「珠洲さん！」

「あのね、日下君。今度、経理と秘書課の子で飲み会やるんだけど、日下君も来ない？」

「え」

「でね、よければ野津さんも誘って欲しいんだけど。日程はそっちの都合にあわせるから」

ああ、そうか。自分は、だしか。

日下は曖昧《あいまい》に頷いた。

別にそれは構わなかった。女の子に興味はない。友達として仲良くなれれば嬉《うれ》しい。

ただ、野津を女の子に紹介するのは嫌だと思った。居酒屋での振る舞いから察するに、野津はノーマルである。だとしたら、社内の女の子とうまくいってしまう可能性がある。

「聞いてみるよ」

とだけ言うと、珠洲は嬉しそうに微笑んで自分の席に戻って行った。

彼女が離れた途端、赤塚がてめえこそゲイじゃねえのか、と憎々しげに呟いた。

ずきり、と心臓のあたりが痛む。

だが、言い返すこともできなくて、日下はパソコンに向かうと、ウイルスを端から削除し始めた。

神経を使う作業である。間違って必要なメールを削除してしまったらまずい。

作業も終わりに近づいた頃、足音が近づいてきた。今度も日下は自分には関係ないものと思っていた。それなのに名前を呼ばれ、びっくりする。

「日下君！」

また、珠洲だった。日下は驚いて顔を上げた。何か言い忘れたことでもあったのだろうか。

珠洲は頬を紅潮させ、息せき切って言った。

「来客よ！　あいつ！　あのゲイが来ているの！」

日下は思わず立ち上がった。

珠洲の後について一階に下りる。階段からそっと顔を出すと、受付前に『ゲイ』が立っていた。

三日前と同じ黒いコートを着ている。

独特の存在感を持つ男だった。受付カウンターに軽く寄りかかり、エレベーターホールの方をじっと見ている。

ただ立っているだけなのに、写真集の一ページのように鮮やかで目を奪われた。計算しつくされたフォルム。闘志を感じさせる、厳しい横顔。自動ドアが開くたび揺れるコートのシルエットが美しい。

野津に水を掛けられた男に、間違いなかった。

見れば見るほどいい男である。年齢の割に貫禄がある。

しかし、なぜ日下の会社を知っているのだろう。野津に聞いたのだろうか。あの諍《いさか》いの様子ではそんなことありえないような気がするが、わからない。

そもそも、何をしに来たのだろう。

野津絡みとしか考えられない。野津を取られた仕返しにきたのだろうか。あるいは、野津から手を引け、とか？

恐怖がじわじわと胃の腑《ふ》を圧迫する。日下は顔を引っ込めると、壁に背を預け呼吸を整えた。

ああ、いきなり殴られたら、どうしよう。

「頑張って、日下君！」

珠洲が両手を胸元で握り締めて激励してくれる。だがその顔はこころなしか楽しそうだ。しかも、珠洲の後ろには経理や総務の女の子たちがひしめいていた。いつの間に来たのだろう。忙しい月曜の朝にこんなところで油を売っていていいのだろうか。他人事ながら心配になる。

日下は緩んでもいないネクタイを締め直した。気合いを入れ、背筋をピンと伸ばす。

「行って来ます」

受付に向けて足を踏み出すと、頭の中でゴングが鳴った。

男は日下が姿を現した途端、振り向いた。営業向きの笑顔を顔に張りつけ軽く会釈をする。非常にソフトで友好的な印象を受けるが、目の光が鋭い。

「どうも、お待たせいたしました」

「いいえ。こちらこそお電話もせず突然押しかけて申し訳ありません。ご挨拶が遅れましたが、私、こういう者です」

名刺を差し出され、日下は反射的に名刺交換をした。

外資系大手の社名にくらりとくる。しかもマネージャーときた。

「もしお時間が宜《よろ》しければ、ちょっと外に出られませんか」

そう切り出されて、日下は心臓が縮むのを感じた。

外って、どこだ。

路地に連れ込まれて殴られてはたまらない。あるいはワゴン車が待っていて、いきなり拉《ら》致《ち》されるとか。事故を装って車道に突き飛ばされるとか。いきなり背中から刺されるとか。

種々の可能性が日下の頭の中を駆けめぐる。

「申し訳ありませんが会議の予定がありますので、ここで済ませていただけませんか」

そう言うと、日下は受付の前にある小さな応接スペースを指し示した。入り口横に小さなテーブルと簡単なソファが置いてあるだけのスペースだ。来客を待たせたり飛び込みの勧誘が来た時に応対したりするための場所で、普通接客には使わない。

「今が駄目なら、夜でも構わないのですが」

男が食い下がる。

夜だなんて、もっと冗談ではない。

日下は汗をかいた掌を握り締めた。

「俺が構います。そもそも、どのような用事でいらしたのですか。仕事なわけ、ないですよね？　……おきたさん」

日下は名刺に書いてあった名前を呼んだ。

織北《おきた》。

珍しい字である。

織北はふっと口元を歪ませた。右の口角を強く引いて笑う癖があるようで、顔の左右のバランスが崩れる。

「確かに、そうだ。君も余人には知られたくないだろうから外の方がいいかと思ったんだが――いいだろう、さっさと本題に入ろうじゃないか」

日下が勧めてもいないのに、織北はソファにどっかりと腰を下ろした。淀《よど》みない動作で正面の席を示され、ここはおまえの会社じゃないぞと思いつつ日下も浅く腰掛ける。

織北は懐《ふところ》から茶封筒をとりだすと、テーブルの上に投げ出した。小ぶりだが分厚い封筒だった。目顔で見ていいか聞いてから日下は手を伸ばす。

折ってあるだけの封を開けて封筒を逆さにすると、ばらばらと写真がこぼれ落ちた。それが何を写したものか瞬時に悟り、日下は呆然とする。

ほとんどが夜の写真だった。

全部同じアパートを外から写している。日下のアパートだ。

日下は窓際にベッドを置いていた。雨戸はあるが面倒なので使っていない。カーテンは夏向きの白のままなので、電気をつけると外からベッドの上に寝ている人間のシルエットが丸見えになる。

わかってはいたが、男の一人暮らしだ。覗きたがる奴などいるまいと、日下は今まで気にしていなかった。

写真は日下が野津を部屋に運び込むところから始まっていた。階段を上る後ろ姿や、廊下で鍵を開ける日下とぐったり寝込む野津の姿、野津を抱えて室内に消える日下などが写っている。よほど感度のいいフィルムを使ったのだろう、かなり暗かったはずなのに鮮明だ。

それから日下が野津を着替えさせている様子が、ほとんどコマ送りに近いペースで撮られていた。シルエットだけだが、見ようによっては下手《へた》なポルノより卑猥《ひわい》な写真だった。スラックスを脱がせるために持ち上げた足のラインがくっきり写っている。

後を、尾《つ》けられたのだ。

写真もこの男が撮ったのだろうか。それにしては上手い。夜なのに手ぶれ一つない。男の執念にぞっとすると同時に怒りが湧き出てきた。

あの野津をこんなふうにつけ回して、勝手に写真に撮るなんて、許せない。

日下は写真を纏《まと》めて摑むと、裏返しにした。この男の目にこれ以上野津の体を晒したくなかった。封筒に戻そうとするが、怒りのあまり指が震えてうまく入らない。

「君は野津を送ると俺に言ったくせに、自分の家に連れ帰ったね。……そして、翌朝まで一緒に過ごした」

淡々とした声に、日下は勢いよく顔を上げた。そして、冷静に見えた男が猛烈に怒り狂っているのを知った。

男はソファに少し崩れた姿勢で寄りかかり、片方の肘《ひじ》を背もたれに乗せている。随分な態度である。挑発的、と言ってもいいだろう。細められた瞳など火を噴きそうだ。

いつもの日下だったらそれだけで気落とされていたに違いない。でも、今はこの男への怒りが勝っていた。

「だから何ですか。あんたには関係ない」

みっともなく震える声で答える。

「居直る気か。気の弱そうな顔して汚いことしやがって。貴様は彬の信頼を裏切った。あいつが薬で抵抗できないのをいいことに――」

「忘れていらっしゃるようですが、彼に薬を盛ったのは一体誰ですか。大体、あなたでなく俺を選んだのは野津さんです。ついでに言っておきますが、僕が彼にしたことは、全部彼との合意の上です。何だったら聞いてみたらいかがですか。直接、野――、アキラ、に」

嘘は言っていない。

「彬が自分から君を受け入れたと言うのか？　あの彬が？　君みたいな、ろくでもない男を？」

失礼な台詞《せりふ》を吐くと、熾北は鼻で笑った。テーブルに肘を突き、身を乗り出す。

「H大なんて、三流大学だよ。しかも一浪。成績も大してよくない。この不景気の中、就職できたのは父親のコネか。はっ」

かあっと顔が熱くなった。

いつの間に調べたのだろう。

「人の個人情報を……っ！」

「母は小学生の時に他に男を作って蒸発、離婚。七年後には父親が癌《がん》に倒れる。――癌も、ストレスが原因で引き起こされることが多いって言うよな。親父《おやじ》さんの病気の原因は何だ？」

頭を殴られた気がした。こめかみが脈打っている。血が昇りすぎて目眩《めまい》までした。

日下は膝の上で両手を強く握り合わせる。

「年収はいくらだ？　ん？　三百万あるかないか、か。たいして昇進もしないで終わりそうだな。君は野津にふさわしくない。いいか、今回だけは見逃してやる。野津から手を引け」

せせら笑いながら熾北は席を立った。話は終わりだとばかりに踵を返す。日下はぎりぎりと奥歯を噛み締めた。

情報は正確だった。確かに自分は三流大学出で金もない、ろくでもない男だ。

だが、あんたにそんなことを言われる筋合いは、ない！

「あんたなんかに、野津は渡さない」

「何？」

足音が、止まる。

熾北の視線を背中に感じたが、日下は目前を見据えたままの姿勢を保った。

「あんたみたいな卑怯な男に、野津は渡さないよ」

熾北はしばらく何も言わなかった。

少しでも動いたら爆発しそうな緊張感があった。上腕と背中がざわりと鳥肌立つ。

日下はゆっくりと熾北を振り返った。

熾北は、自動ドアの前で軽く身を捻《ひね》って日下を見ている。一見落ち着いて見えるが、その身には天井を焦がさんばかりの怒りのオーラを纏っていた。

目が細められ、口角が引き上げられる。あたたかさなど微塵《みじん》もない、殺意さえ感じられる笑みに、日下はすくんだ。

「じゃあ、相応の覚悟をしておくことだな」

よく通る声でそう言うと、熾北は身を翻《ひるがえ》した。コートの裾が広がり、ドラマのワンシーンのようだ。タイトルは、『宣戦布告』あたりか。

熾北の姿が消えると、日下はぐったりとソファに身を伸ばした。

疲れた。

ぼんやりと、テーブルの上に置かれたままの封筒を見つめる。

気配を感じて目を上げると、珠洲が両手を胸の前で握り締めて立っていた。気がつくと、女性陣がぐるりとソファを取り囲んでいる。

日下は青くなった。狭い上、声のよく響く空間だ。ソファでの会話は階段に筒抜けだったろう。

自分は何を言った？

野津は渡さないとか、如何《いか》にもゲイな発言をしなかったか？

狼狽《うろた》えて周囲を見回してみるも、軽蔑《けいべつ》の表情は誰の顔にも浮かんでいない。なぜか誰も彼ももものすごく楽しそうである。

「かっこよかったよ、日下君！」

「……え」

「友達を守るために、ゲイを装いストーカー男の矢面《やおもて》に立つなんて、なかなかできないよね！」

珠洲の言葉に、日下は目を見開いた。なんという都合のいい誤解だろう。こんなことが、ありえるのだろうか。

「え、あの、俺もゲイかも、とは思わなかったの？」

「全然」

皆、力強く頷いた。

「だって私、野津さん泊めたって先に聞いてたし。その時日下君、全然疚《やま》しい感じなかったし。そもそも、いくら薬で人事不省に陥っているとはいえ、野津さんを襲う日下君なんて、想像できないもの！」

「あ、そ……」

うんうんと頷きあう女の子たちに、日下は脱力した。人畜無害。そう思われているのだろう。野津だけではなく、女の子にまでそんなふうに見られていたとは、いささかショックである。そんなに気が弱そうなのだろうか、自分は。

「ね、写真、どんなの撮られたの？　見ちゃ駄目」

「変な想像されそうだから、駄目……」

「えーっ！　やらしーっ！」

きゃらきゃらと女の子たちが笑いさざめく。日下は張りつめていた気分が上昇し始めるのを感じた。強張《こわば》っていた顔の筋肉を緩め、淡く微笑む。

そろそろ席に戻らねばならない。会議こそ嘘だが、まだメールチェックも終わっていなかった。ソファの背に手をつき、腰を浮かせかける。その耳に何気ない台詞が飛び込んできた。

「でもさー、あの人、覚悟しろとか言っていたよねー」

「何する気なんだろ」

あ。

かくりと肘の力が抜け、日下はまたソファに沈み込んだ。

そう言えば。

俺はなんてことを言ってしまったのだろう。

怒りで麻痺《まひ》していた恐怖が復活し、胃のあたりに何とも不快な不安感が漂い始めた。

一晩中日下のアパートに張り込むほどしつこい男に、野津を食べちゃいましたなどという嘘を言ってしまった。

うわあ。

あの男が脅しだけで済ませるとは思えない。

どうしよう。

会社に中傷電話でもかけてやろうかと日下は本気で考えた。あんたの会社のマネージャーはゲイですと。だがそれでは本質的な解決にはならない。逆恨みされるのが落ちだ。

それに、野津。

その場の勢いとはいえ、野津を自分のもののように言ってしまった。このことを野津が聞いたら、どういう反応をするだろう。

男に対するのとは別の恐怖が日下を襲う。

野津には、嫌われたくない。

「大丈夫！」

呆然と座り込む日下の肩を、珠洲が叩いた。

「そう簡単に日下君に手を出させやしないわ。私たちも気をつけてあげる。あいつを見かけたら知らせるから、携帯番号教えて。それから会社周辺でも一人で出歩くのは危ないわ。お昼、一緒に食べにいきましょう！」

心強い珠洲の言葉に、日下は思わずこっくり頷いた。

＋　＋　＋

仕事を終え、帰り着いた部屋は真っ暗だった。

以前と違い無人の部屋に安堵感《あんどかん》を覚える。今は満木に会いたくなかった。そんな日下の気持ちに勘づいたかのように、満木は連絡を絶っている。

ぶぶ、ぶぶ、と唸りながら点滅する蛍光灯の下で鍵穴を探し、室内に入る。ライトのスイッチを入れると、置きっ放しの封筒が目に入った。

織北が撮った写真の入った封筒である。

その存在を強く意識しながら寝室に入ると、日下はネクタイを緩めた。機械的にスーツを脱ぎ、ハンガーに掛けていく。

考えねばならないことが沢山あった。

今まで日下は周囲に流されるまま生きてきた。何かをしたいという意欲は、あまりない。いや、そうではない。初めから、欲しい何かが手に入ることなどないと思い込んでいたのだ。

幼い頃から日下は己《おのれ》を卑下《ひげ》する傾向が強かった。自分などどうしようもない駄目人間で、不相応な夢など抱くだけ無駄だと思っている。

だから、父親が生きている間はその意志に逆らおうなんて考えたこともなかったし、父親が死んだ後は駄目だと思いつつも満木の言うなりになっていた。

だが、熾北との対決で日下の気持ちは少しだけ変わった。罵倒され脅しつけられても、日下は屈しなかった。それどころか言葉だけでも対等に渡り合った。

思い出すだけであの時の高揚感が蘇《よみがえ》る。鼓動が早まり、パワーがわいてくる気がする。

日下にも戦うことができるのだ。

――最終的に勝てるかどうかはわからないけれど。

日下はベッドに腰を下ろした。ぎしりとスプリングが軋む。

野津。

目を閉じると、瞼の裏にあの白百合《しらゆり》のように可憐《かれん》な姿が浮かんだ。

彼が気になってならない。

野津は日下の憧れだった。

最初から好ましいと思っていたが、熾北とやりあってからその思いはぐんぐん膨らみ日下の心の多くを占めるようになっていた。ふと気がつくと野津のことを考えてしまう。

彼の強さや、美しさや、自信に満ちた仕草を。

これは、多分、恋だ。

彼を、守りたい。あんなに綺麗で強い人が、熾北のような卑怯な男に汚《けが》されるなんて許せない。たとえ野津の心が自分を見ていなくても構わなかった。できる限りのことをしてやりたい。こんなふうに思うのは初めてだ。

正直なところ、とても怖い。日下にはどんな形であれ他人と争った経験がなかった。熾北には男ぶりでも、財産でも、地位でも負けている。

でも、負けたくない。

負けたくない。

負けたくないのだ。

＋　＋　＋

それから数日は平穏に過ぎた。

普段と変わらない毎日に、張り詰めていた神経は徐々に弛緩していった。変化といえば、スパムメールが日に日に増えてきていること。それから、女の子たちと昼食をとるようになったことくらいである。十二時を過ぎると、必ず珠洲が席まで迎えに来て一緒に食事に出る。

何も考えずに申し出を受けた日下ではあったが、三日もすると、まずい状況に陥りつつあることに気がついた。同僚の目が日増しに刺々しくなってきたのだ。

昼食時は日によって四人から七人のグループで近くの定食屋に繰り出すのだが、男性は常に日下一人だった。他のメンツを誘う様子はない。嫌な予感がして聞いてみると、珠洲はメンマを挟んだ箸を止め、あっさり言った。

「やっだー、他の男なんて誘うわけないじゃない。うちの会社の男、ろくなのいないし」

茅野《かやの》も嫌そうに顔を顰《しか》める。仲井《なかい》だけは黙々とラーメンを啜《すす》っている。無口な性格らしく、日下はほとんど喋ったことがない。

「ガッついてるのよね。なんかギラギラしていて怖いの。仕事なら仕方ないけど、プライベートでおつきあいなんて絶対したくなーいって感じ」

「そーそー」

醤油皿《しょうゆざら》を二つ貰うと、珠洲は一つに酢、もう一つに醤油とラー油を注いだ。四人分のラーメンに割り勘でとった餃子《ギョーザ》で、テーブルの上はいっぱいいっぱいである。皆慣れている様子で、珠洲の用意した小皿の好きな方に餃子をつけて頬張《ほおば》っている。

日下も餃子をとると酢に浸した。

「じゃあ、何で俺は誘ってくれてるのかな?」

「ウザくないから。日下君、飢えている感じないもんね」

それはそうだ。女性に興味はない。

日下は女性の洞察力に驚嘆した。そんなことまで気づかれてるなんて、少し恐ろしい気もする。

「え」

「セクハラ発言もしないし。余裕がある感じ。ね、彼女いるんだよね? どんな人?」

こういう場面でさらりと嘘をつける性格はしていない。日下は言葉を詰まらせた。

ふと脳裏に野津の顔が浮かぶ。慌てて打ち消したけれど、頬が勝手に熱くなった。

野津は決して日下の彼女などではない。ないのだが――、おつきあいしてくれないかなぁといまだに少しだけ思っていたりする。

耳まで赤くなった日下に、皆が勝手なひやかしを浴びせた。

「うひゃあ、なんか、ラブラブって感じ?」

「ちょっと日下君、近いうちに飲みに行こう! ゆっくり聞かせてもらうからねっ! あ、あと野津さん誘うのも忘れないでよっ」

これはこれで、やばい。

＋　＋　＋

金曜日は好きだ。特に予定はなくとも、翌日休めると思うだけで気分がうきうきしてくる。つまらないルーティンワークをこなす苦痛も普段より心持ち軽い。

残業をこなした後、日下は珠洲たちに誘われ居酒屋で軽く食事をとった。赤塚たちも残業をしていたが、珠洲たちはいつもと同じように綺麗に黙殺して日下だけを誘った。こういう時女性は図太いと思う。日下はここのところ胃の調子が悪い。ストレスのせいだ。

熾北が何かを仕掛けてくるかもという不安もあったが、ストレスのほとんどは職場の人間関係に因《よ》るものだった。珠洲が日下を呼びに来るたびに赤塚たちの目が殺人光線を発する。そのたびにヒットポイントが削られたが、彼女たちと過ごすのは楽しかった。一緒に飲んだカクテルも美味しく、日下はつい量を過ごした。

ほろ酔い気分で家路を辿《たど》る。ふわふわと心地よく、世間の嫌なことが全部遠く感じられた。

蛍光灯の切れたアパートの階段を上ると、久しぶりに部屋に明かりが灯《とも》っていた。一瞬、中にいるのは熾北かもしれないという警戒心がよぎったが、日下の勘は満木が来ているとささやいている。

ドアノブを握って引くと、案の定鍵はかかっていなかった。キッチンにお玉を握った満木がいる。長い髪はゴムで一つに束ねられていた。ユーズドテイストのジーンズは穿《は》いているが、上半身にはエプロンしか着けていない。エセ裸エプロンである。

相変わらず男臭いフェロモンを発しているなぁと、日下はぼんやり思う。

「おう。遅かったじゃねーか」

満木はいつものように、ふてぶてしく言った。二週間、顔も見せなかったのなど嘘のように、両手を拡《ひろ》げて日下を迎える。わざとらしい抱擁に、日下は珍しく無抵抗に応じた。

アルコールの匂いを敏感に嗅《か》ぎつけた満木が、不機嫌に唸る。

「何だあ？　何か食ってきたのか？」

「ああ、会社の女の子たちに誘われたから」

何気なく答えると、満木は目を丸くした。

「日下が女とだと……」

絶句している。その間に靴を脱ぐと、日下は奥の部屋に歩みを進めた。歩きながらスーツの上着を脱ぐ。味噌汁の香りが鼻を擽ったが、満腹の今、かつてのような魅力は感じない。

「ちょっと待てよ」

厳しい口調に振り向くと、満木はプラスチック容器を掲げていた。透明なケースの中に、茶色と白が入り混じった汚らしい液体がみっちり詰まっている。日下はどこかで見たような、と首を傾《かし》げた。

「これ、冷蔵庫の中に入っていたぜ。何で食ってねえんだよ」

思い出した、満木の持ってきた食料だ。そういえば冷蔵庫に入れっぱなしだった。満木が来たら勝手に何とかするだろうと思っていたのだ。だが二週間、満木は来なかった。何が入っていたのか知らないが、とっくに傷んでしまったことだろう。

「食べたくなかったんだ」

「そういうことは味見してから言えよ。すっげー旨《うま》い肉じゃがだったんだぞ。折角《せっかく》俺がてめえにもおふくろの味を味わわせてやろうと持ってきたのに……！」

「とにかく」

日下は強い口調で言い放った。

「俺、そういうの、要らないから。もう持ってくるなよ」

「日下！」

満木の罵声を無視してガラス戸を開く。同時に正面に置かれたベッドに座っている人影に気づき、日下は足を止めた。

「野津さん……っ！」

「ふふ。こんばんは。ひさしぶり」

野津がいた。花の顔《かんばせ》は別れた時のまま、しかも今は柔らかく微笑んでいる。夢にまで見た桜色の唇、黒曜石の瞳。今日は白いシャツとブラックジーンズでカジュアルに決めている。ありふれた装いなのに野津が着るとストイックで、よだれが出そうなくらい魅力的だ。

日下は目眩を覚え壁に手を突いた。

「遅くまで残業なんて大変だね。もう食事済ませてきたんだって？　満木が煮物を作っているんだけど」

「あ、野津さん夕食まだなんですか？　だったらつきあいます」

「おい、随分態度が違うじゃねえか」

コンロに向かっていた満木が吠《ほ》える。

日下は聞いていなかった。ベッドの上に広げられている沢山の写真に気がついたのだ。白い布団カバーの上に黒っぽい画像がやけに禍々《まがまが》しい。全部熾北に渡された写真だ。そういえばキッチンテーブルの上に置いたままにしていた。どうしてちゃんと仕舞っておかなかったのだろうと、日下は臍《ほぞ》を噛む。こんなものを目にしてしまった野津はさぞかし不愉快だったに違いない。

「熾北が変なこと言ってきてね」

野津の指が写真をもてあそぶ。

「何かやけに君に拘《こだわ》っていたから、迷惑かけているんじゃないかと思って来たんだけど――、どうやら予想通りだったみたいだね。いつ、これを？」

上目遣いに見つめられて、日下はごくりと唾《つば》を飲み込んだ。

「あの――――、週明けに」

「そんなに早く」

野津は手にしていた写真をベッドの上に投げ出すと、美しい眉を顰《ひそ》めた。

「乱暴なこととか、されなかっただろうね」

「会社だったし、人目もあったから」

強張った微笑みを浮かべると、日下は野津に歩み寄った。畳に膝を突き、散らばった写真を集める。こんな汚らわしいものを、これ以上野津の目に晒したくなかった。

「会社！　そんなところに押しかけてきたのか。それ以後は？　嫌がらせとかされた？」

「いえ、今のところは」

拾い上げた写真を綺麗に揃えて封筒に収める。少し考えて日下はそれを箪笥の上に置いた。

テーブルに料理を並べ始めていた満木が口を挟む。

「織北は昔っから野津が絡むと人が変わるんだよ。おまえ貧乏くじ引いたなー」

日下は満木を無視した。

「前からつきまとわれているんですか？」

「もう、二十年以上のつきあいになるぜ。なぁ、野津？」

満木の声は笑いを含んでいる。野津の瞳に険が生まれた。

「そうだね。いいお得意さんだよ。毎年三台くらいずつ高級車を買ってくれる」

日下は驚いた。大した金持ちである。安アパート暮らしで車の一台も持てない自分とは大違いだ。満木も驚いたようだった。

「すげえな。そんなにたくさんの車、どうすんだ、あいつ？」

「いや、織北自身が買うんじゃなくて、お友達とか親戚とか仕事関係とかに勧めてくれるんだよ。俺の営業ばかりして、本業の方は大丈夫なんだか」

「それ、全部おまえに会うためだろ？　涙ぐましい努力だな。好《い》い加減つきあってやったらどうだ」

無責任な発言にむっとして振り返ると同時に、視界の端を白いものが飛んでいった。日下の枕である。ちょうど味噌汁を並べていた満木が尻に直撃を受け、目をつり上げた。

「てめ、飯こぼしたらどーすんだ。ふざけんな、食わせねーぞっ！」

「満木が変なこと言うのが悪いんだろ」

日下は黙って枕を拾うと胸に抱えて保護する。汚されてはかなわない。

「そういえば野津さんって、今、つきあっている人とかいるんですか？」

野津の頬の線が硬くなった。眼球だけ動かして日下を睨みつける。満木が仕返しとばかりに大声ではしゃいだ。

「こんな変態がまっとうに人とつきあえるわけねえじゃねえか！」

「満木！」

野津が弾《はじ》かれたように立ち上がる。たたたっと数歩標的に近寄ったが、満木は余裕たっぷりに笑った。

「あ？　晩飯いらねーってか？」

「ぐ……っ！」

「今日は野津が大好きなしじみの味噌汁と煮物なのになー。大根にも味が染みていて旨《うめ》えぞー」

わざわざ煮物を盛った器を掲げて見せられ、野津は悔しげに拳を握り締めた。

この二人、仲が悪いように見えて、結構気が合うのかもしれないと日下は思う。角突《つの》きあっていても、楽しそうだ。二人とも自分と喋っている時より表情が豊かでリラックスしている。

……少しだけ、疎外感を覚じた。

ベッドの上に枕を放り投げ、日下は上着をハンガーに掛ける。

「ね、明日、暇？」

いきなり近くから聞こえた声にぎょっとして振り返ると、野津が日下の隣に立っていた。

すわデートのお誘いかと緊張する。だが、そんなことのあろうはずがない。

「織北がさ、君のことを誤解しているみたいなんだよね。つきあっているんだろうって。何回違うって言っても信じてくれないいんだ。だから、明日一緒に織北に会いに行って直接誤解を解かない？　このままだとあいつ、何しでかすかわからないし。俺としてもこれ以上君に迷惑をかけるのは本意じゃない。ね？」

甘くねだられてつい頷きそうになったが、日下は危ういところでこらえた。

わざと日下が誤解を与えたのだと野津は知らない。ここで同意してしまっては、織北の前で大見得《おおみえ》を切った意味がない。

「俺は別に……迷惑じゃないです。だから、大丈夫。それより野津さんが心配ですよ。俺たちの後つけて、写真まで撮って。あいつおかしい。まるっきり、ストーカーだ」

「んー、まぁ、そうだけど」

「誰か特定の人がいると思えば、あいつも諦《あきら》めるんじゃないかと思うんですけど」

食事の支度《したく》を終えた満木が、ガラス戸から顔を出した。

「おいおい止《よ》せよ日下。おまえが損な役をするこたぁないぜ。こいつが自分で片をつければいいんだ。ガキじゃねえんだから」

他人事のような台詞に反応したのは、野津ではなく日下だった。激しく食ってかかる。

「満木、友達が困っているのに薄情だぞ！」

「あーあー日下、あんなの気にする必要ないから。猿《さる》がわめいていると思って無視して、無視。それよりね、気持ちは嬉しいんだけど、俺は全然関係ない君にこれ以上負担をかけるのはいやなんだ。何かあったらそれこそ洒落《しゃれ》になんないし」

全然、関係が、ない。

何気ない一言がショックだった。

確かにそうだ。日下と野津の間には、満木を通した関係しかない。

ハンガーを簞笥の中のフックに掛けると、日下はまっすぐ野津に向き直った。満木が見ているのはわかっていたが、今だ、という感覚があった。アルコールのせいかもしれない。あるいは野津の言葉から受けたショックが背中を押していたのかもしれない。

不思議な高揚感に背中を押されるまま日下は言った。

「関係なくなんか、ないです。俺、野津さんのこと、好きだから」

「え」

「おい、日下」

満木の声が裏返っている。だが、日下は野津だけを見つめていた。深い、宝石のような瞳を、全身全霊を込めて。

「たとえお芝居でも、野津さんとつきあえるなら、むしろ幸せです。本当はふりなんかじゃなく、真面目《まじめ》におつきあいしたいと思っているけど」

野津はしばらく黙って日下を見つめていた。振り返って満木の顔を眺め、それからもう一度日下を見る。

息詰まるような時間。

時間にしたら一分もなかったに違いない。だがその短い沈黙は、急速に日下を素面《しらふ》に戻した。

何てことを言ってしまったのだろう。冷静に考えたら駄目に決まっている。鼻で笑われたって仕方がない。

ああ、満木が怒りの大魔人と化しつつある。獲物を狩る獰猛《どうもう》な虎《とら》のような瞳で日下を恫喝《どうかつ》している。後で殺されるかもしれない。

野津が鼻に皺を寄せた。

「ええと、今の、なんか、告白みたいに聞こえたんだけど。俺の聞き間違い？」

日下は一瞬悩んだ。冗談だということにしてしまえば、この場は丸く収まる。煩《わずら》わしい問題全部から解放される。

でも、逃げたら日下はまたしても負け犬だ。

「間違っていません。俺が野津さんに、告白したんです」

視界の端に、満木が拳を握り締めているのが見えた。腕に腱《けん》が浮いている。

「ええと、でも、君、満木とつきあっているんだよね？」

「でも俺は、満木のことが――――好きなわけじゃない」

「じゃあ、何でつきあっていたの？」

日下は弱々しく微笑んだ。

自分が、残酷なことをしている自覚はあった。これから言う言葉は、さらに満木のプライドを切り裂くだろう。

「満木が、強引だったから。だから、流されて」

「全部、俺のせいだってえのかよ」

満木が、静かに口を挟んだ。怒りの滲《にじ》む声音に心臓が跳ねる。

「俺が強引だったから？　笑わせんじゃねえよ。おまえだって悦《よろこ》んでいたじゃねえか。一度だって強姦《ごうかん》した覚えなんかねえぞ。形ばかり抵抗したからそんなつもりなかったとでも言うつもりか？　そりゃまた都合のいい理屈だなあ、馬鹿たれが。おまえのはな、いやよいやよも好きのうちってんだよ！　俺が全部悪い？　おまえ、本当にそう思ってんのか？　ええ？」

ぎりぎりと歯を食いしばる。話しているうちに激昂し、満木は一歩日下に向かって踏み出した。

日下は、震える足を踏ん張って虚勢を張った。

「違う。悪いのは、俺だ」

自分でも、情けないくらい弱々しい声だった。

「淋《さび》しかったんだ。淋しくて、好きだって言ってくれるなら、誰でもいいと、そう……」

言葉半ばで、満木が声を張り上げた。

「ふざけんじゃねえよっ！　この野郎っ！」

「満木には悪いことをしたと思っている。でも俺が好きなのは、満木じゃない。俺が好きなのは――」

あなたなんだ。

日下は野津を見つめた。

それが、本当だった。

日下は父親を亡くし、精神的に不安定な時期に満木と出会った。日下を満木に結びつけたのは、恋ではなく孤独感だった。誰かがそばにいてくれることが、その時の日下には必要だった。それなのに日下には友達も心を許せる親戚さえもいなかった。優しくしてくれたのは満木だけ。そんな状況で求められたら、抗《あらが》うことなどできようはずもない。

寝てしまってからは泥沼だった。一度知ってしまった快楽が日下を中毒にした。包み込む体温が恋しかった。抱かれていると、一人ではないと実感でき、少しだけ幸せな気分になれる。

でも、自分は最初からこの男に恋などしていないとわかっていた。大嫌いなあの男に似ていたからだ。好きになるはずがない。

こんな嘘の関係が正しいわけがなかった。満木の与えてくれるぬくもりに酔いながら日下は苦悩した。満木を騙《だま》しているようでいやだった。

ずっと思っていた。別れるべきだ、と。

そして日下は野津と出会った。

野津は理想通りの存在で、初めから惹《ひ》かれた。にせものなんかじゃない。これが本物の恋だと思った。

そして初めて思い切った。

……間違っているものは、正さねばならない。いつまでも満木に甘えていては駄目だ。だから。

野津はずっと無表情に日下を見ていた。その瞳は静謐《せいひつ》で、どんな感情も読みとれない。何かを推し量っているようにも見える。

不意に首を巡らせると、野津はまた満木を見た。

満木はひどく疲れた表情をしていた。その表情に、日下は強い悔悟《かいご》の念に囚《とら》われた。

酷いことをしてしまった。こんな自分に、野津が応えてくれるわけない。

野津がまた日下に向き直った。

「いいよ。つきあお」

日下は思考停止した。

「おい、何だよ、そりゃ。つきあうだ？　いー加減な返事すんじゃねえ！　んなこと、できもしねえくせによっ！」

満木の罵声で、我に返る。自分の耳が信じられない。日下はまじまじと目の前の美しい顔を見つめる。唇を弓なりにたわめ、野津は微笑んでいた。

まるで、天使だ。この世のものとは思えない。その彼が、自分とつきあってくれる？

「本当に……？」

「ん。日下君なら大丈夫って気がするんだよね」

大丈夫って、何のことなんだろう。一瞬頭をよぎった疑問は、すさまじい破壊音に掻き消された。硬いものが倒れる音。複数の茶碗が割れる涼やかな音色。粘液質なものが滴る音。それらすべてがごっちゃになり、耳をつんざく。

いつの間にか満木の姿はガラス戸の前から消えていた。

慌ててキッチンを覗き込むと料理を載せたテーブルがひっくり返っていて、満木の作った味噌汁や煮物が床に散乱している。それでも気が収まらないのか、満木はテーブルを蹴りつけた。大音響に、気持ちがすくむ。

これは、傷ついた満木の心が発する音だ。

荒い息を吐くと満木はきっと日下を睨みつけ、靴を履き始めた。エセ裸エプロンのままの格好である。多分外に出たら寒い。それ以上に、恥ずかしい。

日下は満木の上着をとると玄関に走った。おろおろと満木に謝る。

「満木、あの、あの、ごめんな」

満木が怒るのももっともだ。満木の心中を思うと、申し訳なくてたまらない。

靴を履き終えた満木はゆっくり腰を伸ばした。肩越しに日下を睨み据える。日下は蛇《へび》に睨まれた蛙《かえる》のように首を縮めた。

「あんたを嫌いなわけじゃない。色々してくれたことにはすごく感謝している。でも、これ以上自分の気持ちに嘘をつきたくないんだ」

「今更何言ってんだ。だったら最初にそう言えっつーんだ」

いや、『いや』だとは、百万回くらい主張してきたはずだがと日下は思う。

だが、満木の言うことは間違っていない。確かに日下の拒否は口だけだった。日下の心は満木を許容していた。淋しかったからだ。

「うん。俺は、狡《ずる》い男だった」

自嘲《じちょう》を込めて言うと、満木は顔を顰《しか》めた。玄関に立ったままエプロンを外し、日下の手からひったくった上着を着込む。

それから人差し指を日下の鼻先に突きつけた。

「いいか、俺の言葉を憶《おぼ》えておけ。おまえと野津は続かねえ。本当の恋人同士には絶対になれねえ」

「そんなこと、わからないだろ」

背後で二人の様子を眺めていた野津が茶々を入れた。

満木は不機嫌に眉毛を上げただけで言葉を続ける。

「俺にはわかるんだよ。おまえのことも野津のこともようく知っているからな。おまえらはすぐに別れる羽目になる。俺は寛大だから、詫《わ》びを入れればおまえのこのくそったれな気の迷いを許してやる。いいか、忘れるな？」

「ありがとう。でもきっと連絡はしないと思う」

別れたりなんかしないし。

仮にもし別れたとしても、満木に合わせる顔なんてないし。

すげない返事をした日下になぜか憐《あわ》れみのまなざしを向け、満木はドアの向こうに姿を消した。さよならを言う暇さえなかった。望んだはずの別れなのに、日下は虚《うつ》ろな瞳で満木の消えたドアを見つめる。

何だかんだ言っても、満木は日下にとって大事な存在だった。唯一《ゆいいつ》日下に好意を寄せてくれた人。その好意の形は日下の望んだ形とは違ったが、日下は彼が好きだったし、頼りにもしていた。

その彼を失った。

愚かだと思う。もっと別の言い方もあっただろうに。これでは友達にもなれない。もう二度と会えないかもしれないと思うと、自分の中の一部が欠け落ちてしまったような喪失感すら覚えた。

野津はまた連絡するとだけ言い残し、慌てて満木の後を追って行った。カーテンの端から日下はこっそり私道を覗いた。ほどなく見覚えのあるスポーツカーに二人が乗り込み、走り去るのが見えた。

もうとっくに終電の時刻をすぎている。それに、寒い。野津は満木のことを放っておけなかったのだろう。

優しい人なのだなと思う。

とはいえ告白したばかりだ。泊まることまでは期待していなかったが、少しがっかりした。溜息をつくと、日下はキッチンの片づけを始めた。起こしたテーブルを端に寄せ、割れた食器を二重にしたビニール袋に拾ってゆく。茶碗は全滅だった。煮物の器にも大きなひびが入っている。まだ温かい食物から振りまかれる美味しそうな匂いが、日下の非道をなじっているような気がした。

雑巾《ぞうきん》で床を拭いていて、ふと日下は気づく。そういえば名刺交換もしていない。野津に連絡するには、一体どうしたらいいのだろう。

非常に聞きづらいが、満木に教えて貰うしかないのだろうかと考え、日下は愕然とした。日下は満木の連絡先も知らなかった。

＋　＋　＋

パソコンを起動しメールの受信を指示すると、日下はウィンドウをバーに変え席を立った。給湯室に自分のコーヒーを淹《い》れに行く。

「おはよう、日下君」

狭苦しい給湯室は人が二人も入るといっぱいになってしまう。珠洲がやってきたので日下は冷蔵庫の前まで下がった。スプーンでインスタントコーヒーとクリームのマーブルを注意深く掻き乱す。珠洲は足元に置いてあった如雨露《じょうろ》を取り上げて、水を入れ始めた。植木の水やりは女の子たちが当番制でこなしている仕事の一つだ。

掻き回し終わったコーヒーを立ったまま啜りながら、日下はぼんやり珠洲の横顔を眺めた。別に珠洲に気があるわけではない。珠洲が出ないと給湯室を出られないからである。コーヒーを掻き回したスプーンも洗ってしまいたい。

水で満ちつつある如雨露を見つめたまま、珠洲がみずみずしいピンクで塗られた唇を開いた。

「ねえ、日下君」

「ん？」

「野津さん、いつ暇か聞いてくれた？」

どきっとして、日下は口の中に含んでいたコーヒーを飲み下した。

野津。

その名前は現在、日下に神経ガスのような効果を与える。耳にしただけで頭が朦朧《もうろう》としてきて漠とした不安に囚われ、一時的な人事不省に陥ってしまう。

金曜日に去ったまま、野津からの連絡はない。日下は週末をずっと電話を気にして過ごした。

考えれば考えるほど野津が自分の告白を受け入れてくれたことが夢のように思われる。というか、信じられない。あれは本当にあったことなのだろうか。自分の頭の中だけの妄想だったらどうしようと、日下は真剣に悩んでいる。

「ねえったら。聞いているの、日下君！」

「あ、ああ」

苛立《いらだ》たしげな珠洲の声に、日下は現実に引き戻された。

「ごめん、聞くの忘れていた」

「えーっ、何よそれー」

猫のようなまなじりをさらに吊り上げて珠洲が睨みつけてくる。

日下はおどおどと笑みを浮かべた。

「次会ったら、必ず聞いておくから」

「次会ったらじゃ駄目ー。今電話して。で、聞いて」

唇と同じ、ピンクに染められた爪先《つめさき》が日下に突きつけられた。日下は思わず後退り、冷蔵庫に背中をぴったりつける。

珠洲の機嫌を損ねるのは怖い。珠洲の機嫌はイコール女性陣全体の不機嫌に繋がるからだ。

「い――今は、仕事中じゃないかなぁ。本当に、今度聞いておくから。今は勘弁してよ」

まさか電話番号を知らないとは言えなかった。日下のささやかな見栄である。

「もー、絶対、だからね！」

きゅ、と蛇口《じゃぐち》を閉めると、珠洲は如雨露を抱えて給湯室を出ていった。壁の向こうから『日下君たらね――』と状況を女の子たちに報告する恐ろしい声が聞こえる。

洗ったスプーンを水切りに載せると、日下は小さな溜息を吐《つ》いて自分の席に戻った。

メールチェックはまだ終わっていない。

＋　＋　＋

野津と連絡が取れたのは三日後だった。

昼休み、珠洲たちと蕎麦《そば》を食べていた日下は、鳴り始めた携帯を握り締め店を飛び出した。なぜか着メロが鳴った瞬間に、野津からの電話だと確信していた。

店の前で、携帯を耳に押し当てる。

思った通り、野津の柔らかい声が携帯から聞こえてきて、日下は人目もはばからず笑み崩れた。仕事が終わったら会おうという誘いに二つ返事で承諾し通話を終えると、拳を振り上げる。

正真正銘、野津とのデートだ。しかも野津からのお誘いだ。やはり夢ではなかったと、日下は幸せを噛み締める。

道ばたで武者震いをする日下の周囲を避けるようにして、通行人が流れていくが、日下は意に介さない。野津のことで頭がいっぱいで周囲の状況など目に入らないのだ。

会社に戻った日下は、大車輪で働き仕事を片づけた。定時になるとさっさとキリをつけ、職場を飛び出す。誰に何と言われようと知ったことではない。

指示された場所まで急ぐ。歩きながら新しいスーツを着てくればよかったなどと思う。

約束の時間より十分も早く着いたのに、野津はもう来ていた。駅ビルの真ん前、ロータリーに隔てられた小さな公園が二人の待ち合わせ場所だ。野津は目印の噴水の縁に座り、流れていく車の列を物憂げに眺めている。ストライプの入ったスーツがスタイリッシュだ。暮れゆく陽の光がその横顔だけを照らし出し、完璧な造形を強調している。まだ近づく日下に気づいていない。

野津の周囲だけ空気が違うような気がした。一切の汚れを許さない清冽《せいれつ》さが、野津を周囲と隔てている。

日下はどう言葉をかけようか迷った。ありきたりの言葉など野津に似合わない気がした。映画やドラマのような格好いい決め台詞、そんなのがいい。だが思いつく前に、日下は野津の前に到着してしまった。

野津がついと顔を上げ微笑む。

それだけで日下の胸はいっぱいになった。

「早かったね」

「あ――うん。定時に上がれたから」

「そう。事務方は大変だね。俺は営業だから。うまく誤魔化《ごまか》せばいくらでもサボれる」

野津が立ち上がり軽く埃《ほこり》をはたいてから体を伸ばす。

「あの、待たせて、ごめん」

「まだ時間前なのに何謝ってんの。近くに旨い湯葉《ゆば》料理の店があるんだけど、そこでいい？」

日下は喜び勇んで頷いた。

渋滞している通りを渡り、夕暮れの街を肩を並べて歩く。そんなことすら一々嬉しい。野津は自信に満ちた足取りで裏道へと分け入っていく。

八百屋やスーパーが飲食店に交じって建ち並んでいた。普段食事をするオフィス街とは異なり、商店街らしい街並みだ。主婦や子供の姿も多い。

「あの、そういえば電話番号、俺、教えたことありましたっけ？」

気になっていた疑問をぶつけると、野津は嫌なことでも思い出したかのように顔を顰めた。

「いや、満木に聞いた」

やはり、と思いつつも意外だった。それ以外に野津が日下のことを知る手段はない。だが、あれだけ怒っていた満木が日下の連絡先を容易に教えるとは思わなかった。

「あいつ、どうしてます？」

「どうって、普通」

あっさり言われ、日下の胸はずきんと疼いた。

「ムカつくことに、俺たちがすぐ別れるって確信しているみたい。失礼だよね。自分が遊び人だからって、俺たちまで同じだと思うなっての」

そうか、やっぱり遊び人なのか、満木は。

日下は目を細める。

それはそうだろう。あれだけ男前なのだから、相手にはこと欠かないに違いない。……自分に執着する必要など、ない。

重苦しい気分に囚われ、日下は無意識に俯《うつむ》いた。

アスファルトばかりの視界に茶色い塊《かたまり》が飛び込んでくる。

「わ」

「犬⁉」

白と茶に彩られた小型犬が日下の膝に躍りかかるのを見た野津が一気に三メートルも後退った。

日下も驚いたが、はしゃいで足元にじゃれつく様子に苦笑が漏れる。だっこをしてもらいたいらしく、犬は後足《あとあし》だけで立って何度も日下に向かって吠えた。

「すいませーん」

通りの先からリードだけ持った女性が駆けてくる。

日下はその場にしゃがみ込んだ。犬を飼ったことはないが、常々飼いたいと思っているくらいには好きだ。頭や背中を撫でてやると、犬は大喜びで日下の手を舐めた。

「ごめんなさい、絡まったリードをとってやろうとしたら逃げ出しちゃって」

不揃いなカットのスカートが揺れる。女性は長い髪を揺らして日下に謝った。

「いえ、可愛いですね。随分人懐こい」

「もう、誰に対してもこうで駄目なんですよー。ほら、こっちおいで」

女性が首輪を摑みリードをつける。日下に頭を下げながら歩き出すと犬は何が嬉しいのか興奮して跳ね回り、女性をよろめかせた。

その間野津は美しい眉を寄せ、嫌悪も露《あら》わにじゃれあう犬と日下に険しい視線を向けていた。犬が去った後も日下に近づこうとしない。

日下は可笑《おか》しくなった。

「犬、嫌いなんですか？」

「別に」

ふいと顔を背けて歩き出す。

犬が苦手なんて、可愛い。

日下は走って野津に追いついた。途端に野津が体を緊張させ、日下から離れる。

「その小汚い手で触ったら、怒るからね」

「怒りますか」

「怒る。本気で、怒る」

冗談でなく、本当に嫌そうな顔をしているのに気づき、日下はホールドアップした。

「じゃあ、触りません」

「店に着いたら、すぐ手を洗ってよね」

「はい」

いつも冷静沈着な野津の子供っぽい一面を見られたのが嬉しい。

野津の横顔はわずかに紅潮していた。弱点を知られて恥ずかしがっているのだろうか。引き結ばれた唇も、子供が拗ねているようだ。

幸せすぎて、足元がふわふわする。踊るような足取りで、日下は野津の後を追った。

こんなふうに、理解を深めていけたら楽しいなと思う。会うたびに一つずつ知らなかった野津を見つけ、いつか何もかもを知ることができたら素敵だ。

とりあえず連絡先を聞かなくちゃと思いながら日下は野津オススメの湯葉の店の暖簾《のれん》をくぐった。

テーブル席に落ち着く間もなくトイレに追い立てられる。手を洗って戻ってくると、ちょうどビールが運ばれてきたところだった。とりあえず乾杯する。

よく冷えたビールが喉を流れていく感覚が気持ちいい。一気にジョッキを半分にすると日下は掌で口元についた泡をぬぐった。

「おいしい」

野津も満足げに目を細めている。目が合うと、ふんわり微笑んだ。天使の微笑みがまぶしくて、日下は思わず狼狽えてしまう。何か喋らなければと焦るが、緊張のあまり頭の中は真っ白、何の話題も思いつかない。

野津は澄ました顔でお通しをつついている。

お通しは出汁《だし》に浸してある練り物で、とても美味しかった。

「俺、この店すごく好きなんだよね。旨いし静かだし、失礼な客は店員が鉄槌《てっつい》を下してくれるし」

「失礼な客？」

「俺をナンパしようとする奴とか、俺をホステス扱いしようとする客。——あ、俺、接待でもここ使ったりしているんだよね。接待っても相手の奢《おご》りだったりするんだけど」

野津の目に、小悪魔めいた光が灯る。

「客に奢らせているってことですか？」

「そ。ほら、俺、この美貌《びぼう》だから。仕事以外のおつきあいしたいんです——って客が多くて」

「やばくないですか？　そういう客とプライベートで食事なんて」

「でも、ある程度はつきあわないと数字がとれないし。本当に危険な奴はちゃんと避けているから大丈夫」

自信満々な様子に、日下はかえって不安になる。

本当に、大丈夫なのだろうか。

野津は、よくテレビに登場する援交女子高生に似ていた。危険を認識していないあやうさがある。

ヤメロと言いたいが、野津は大人だ。日下が説教するのはどうかと思う――と言うより、説教して嫌われるのが怖い。

遠回しな非難に留《とど》める。

「熾北さんとも、そんなふうに？」

「やな名前出すね、君」

案の定顔を顰めると、野津はビールのお代わりを注文した。白木のテーブルの上に小さな水たまりを残してジョッキが下げられる。

「あいつ、単なる客じゃないんだよね。そうでなかったらとっくにこてんぱんにのして追っ払ってる」

料理はまだ来ない。手持ち無沙汰《ぶさた》なのだろう、野津は細い指で空の箸袋を摘《つま》み上げた。

「大口だから、のせないんですか」

「いや。幼なじみだから」

日下はびっくりした。思わず身を乗り出す。

「え――、幼なじみ、なんですか？　じゃあ、ご家族の方もあの人のこと知っている？」

「知っているよ。しかもすごくいい友達だと思っている。おふくろの大のお気に入りなんだよね。うちに来ると、勝手に俺の部屋に上げちゃうくらい。しかも、今はいい客でもあるからどうにも手が打てないんだ。俺が勤めている会社、父の会社だし。思いっきり公私混同して熾北の機嫌とれとか言われてる。まさか奴がゲイだと言いつけるわけにもいかないし……」

野津の視線はテーブルの上の折り紙に向かっている。器用に箸袋を三角に折り畳むと、野津は箸置きを作り上げた。続いて日下の箸袋にも手を伸ばす。

「ええと、じゃあ、熾北さんは昔から野津さんを好きだったんですか？」

「昔って言っても高校生になってから、かな。それまでは普通に仲良かったし。親友、だったと思う。それが何をどう間違えたんだか、俺相手に鼻息荒くしちゃってさ。隙あらばエロいことしようとするから、満木に防波堤になってもらってたんだ」

日下の箸袋は細長く畳まれた末に結ばれ、やはり箸置きになった。それが日下の前に置かれるのと同時にビールが運ばれてきて、二人は黙り込む。

店員がテーブルの上を整え終わり離れた途端、日下が咳《せ》き込むように問い質《ただ》した。

「もしかして、満木とも幼なじみなんですか」

「いや。あいつは高校の時のクラスメートだったんだ。とりあえずガタイがいいし、何かあっても大丈夫だと思ったから、俺の彼氏ってことにしてもらって」

野津はさっとサラダの皿を抱え込むと、自分の分だけ取り皿に奪った。唐揚げも同じように確保してしまう。

彼氏、という言葉に、日下は激しく反応した。

「満木とつきあっていたんですか」

「馬鹿。俺があんなたらしとつきあうわけないだろう？　彼氏のふりしてもらっただけだよ。まぁ、すぐにばれちゃったけど、それからも餌で釣ってガードしてもらって」

日下は呆然と野津が唐揚げを口に運ぶのを眺めた。

ふりだけなんて、信じられなかった。

野津はこれだけ綺麗なのだ。そして満木は自分にまで手を出した好きものだ。満木が下心なしで野津に手を貸すとは思えない。

二人は仲もいいし。

今までも漠然と感じていた不安が胸に広がり、日下は喉を詰まらせた。

「……満木も、野津さんのこと好きだったんですね……」

「あのねえ」

ごん、と鈍い音を立ててジョッキがテーブルに置かれた。店員の視線が一斉《いっせい》に日下のテーブルに集中する。

野津は不機嫌に腕を組むとふんぞりかえった。

「そういう気持ちの悪い誤解、やめてくれない？　あいつにとっても俺は範疇外《はんちゅうがい》なの。俺はもちろんあいつとつきあうなんて論外だし」

「でも」

「それ以上馬鹿なこと言ったら、俺、帰るからね」

日下は黙った。

ことんと目の前に料理が置かれる。反射的に目を上げると、体格のいい店員がギロリと日下を睨んだ。

野津が苦笑する。

「周《しゅう》さん、この人は、大丈夫だから」

店員は外見通り野太い声で、困ったことがあったら何でも言って下さいと呟くとカウンターに戻っていった。他の店員もちらちら日下たちを観察している。

野津は肘を突き、両手の上に顎を乗せた。内緒話をするように声をひそめる。

「あのね、日下。俺の秘密をひとつ、教えてあげる」

桜色の唇を、日下は魅入られたように見つめる。背もたれに張りついていた体を戻し、自分も野津に向かって身を乗り出す。

「俺にはね、エロセンサーがついているんだ」

「エロセンサー?」

「そう。下心のある奴が近づくと、頭のてっぺんの毛がアンテナになってぴーんと立つの」

つむじのあたりを指す指先を日下の視線が追う。勿論《もちろん》、立っている毛など見つからない。

「……見えませんが」

「ふふ、心の清らかな人にしか、見えないんだよ」

……、裸の王様、だろうか。突拍子《とっぴょうし》もない設定である。

「エロセンサーによるとね、周さんは、俺と寝てみたいと思っている」

思わずカウンターの方を見た日下は強面《こわもて》の『周さん』とばっちり目が合ってしまい、慌てて俯いた。視線を外す前に捕らえたその目は酷くギラついていて、野津の言葉に不思議な信《しん》憑性《ぴょうせい》を与えた。

あの男は不自然なほど野津を意識している。

居心地のよかった店内が、いつの間にか息苦しく圧迫感のある空間へと変貌《へんぼう》していた。

「カウンターの中、左から見よっか？　捻《ねじ》りはちまきのおやっさんは、純粋な好意で客に気持ちよく食事をして欲しいと思っている。その隣もそう。でも三人目。こいつも俺に下心がある」

それは、風采《ふうさい》の上がらない小男だった。鍋に向かい、何かを一生懸命炒《いた》めている。

「周さんより、あの三人目の方が危険」

そうだろうか、と日下は目を細めた。男は額に汗の玉を浮かべ、鍋に集中している。真面目そうな印象の薄い男。道ですれちがっても、次の瞬間には忘れてしまいそうなタイプだ。腕力もなさそうである。

「体格は関係ないんだよ。むしろ、問題は妄念の強さ、かな。俺のエロセンサーはばっちりそれをキャッチしてくれる。だからやばい客とかもたちどころに判断できるんだ。ちなみに熾北がいると、ハゲるんじゃないかと思うくらいエロセンサーが反応するね」

くすくす笑う野津につられ、日下も強張った頬を緩めた。確かにあの男の野津への執着は、並々ならぬものを感じた。ストーカーをするぐらいだから相当だ。

「でも、満木は無反応。あいつは俺にエロい下心は持っていない」

荒唐無稽なお話はぐるりと円を描き始点に戻った。

日下は少しぬるくなってしまった黄金色《こがねいろ》の液体で喉を潤し、ふうわりと笑みを浮かべた。

エロセンサーも満木が野津に興味がないなんてことも信じる気はない。だが、しつこく触れて嫌われる方が怖くて、日下は作り話に乗ってやる。

「じゃあ、俺は？　どうですか。エロセンサーはどれくらい反応していますか？」

「それが不思議なんだよね」

野津は心底不思議そうに日下の顔を見返した。

「俺を好きだっていうのに、日下には全然エロセンサーが反応しないんだ。どうしてなんだろう？」

どうしてなんでしょう。

日下は、最近女の子にも似たようなことを言われたことを思い出した。がっついていない。ギラギラしていない。余裕があるように見える。

小心者だからだ、と日下は自虐的に思う。野津に強いアプローチをする勇気がないから、危険に見えないだけだ。でも、それで野津が警戒を解いてくれるのなら好都合かもしれない。

食事が済むと、日下は伝票を摑んだ。手持ちが足りなかったのでカードで支払う。食事代は普段の自分の食生活では考えられない金額にのぼった。痛かったが野津に払わせる気はない。また野津も財布を出しもしなかった。ゴチソウサマとにっこり微笑む。

満ち足りた表情に、日下も微笑んだ。

楽しそうな野津を見られるだけでも嬉しい。笑顔が他でもない自分に向けられている。それだけで日下は天国にいる心持ちだ。見ようによっては立派にギブアンドテイクの関係が成り立っている。

他愛のないことを話しながら歩くと、すぐ駅についてしまった。ちょうど電車が着いたのか、改札から沢山の人が流れ出てくる。

ICカードのチャージをするから待って欲しいと言おうとしたところで、野津はついと日下を振り返り、また今度と軽く会釈をした。え、と立ち止まっている間にするりと改札の中に消えてしまう。小柄な背中はすぐに雑踏に紛れ、見えなくなった。

「か、帰っちゃうんですか？」

呆然とした呟きは、誰に聞かれることもなく人ごみの中に吸い込まれてゆく。

あっけないデートの幕切れだった。

もう少し、一緒にいたかったのに。話したいことがまだまだ沢山あったのに。

これではまるでメシを食ったら自分などどうでもいいみたいだ——と、一瞬だけ考え、日下は猛然と頭を振った。

そんなことないと断言できない、自分が哀しい。

＋　＋　＋

それから日下は、週に二、三度のペースで野津とのデートを重ねるようになった。野津の気持ちになんとなく不安なものを感じていた日下としては意外な展開である。

約束はしない。昼休み、突然電話がかかってきて晩飯食べに行こうと誘われる。食事をしてお喋りをして、駅で別れる。二人の交際は、高校生だってないだろうと思われるくらい清らかだ。

それでも日下は充分幸せだった。たとえ財布の中身が羽根の生えた勢いで飛び去ろうが構わない。何と言っても生まれて初めて得た、恋人らしい恋人である。しかも日下には不釣り合いなほどの麗人だ。舞い上がるのも当然と言えよう。

＋　＋　＋

電子音が送受信の完了を伝えている。コーヒーを手に席に戻った日下は隠していたメーラーを開いた。表示されている受信簿は上から下まで未読メールで埋めつくされている。フィルタでかなりの数のウイルスメールを振り分けた後なのにこれである。このところスパムメールと業務に必要なメールをより分けるのが日下の朝一番の仕事になっていた。

コーヒーを一口啜ってマウスを握る。ふと目を上げると、赤塚と視線が合った。弛緩した間抜け面《づら》に、狼狽が走る。慌てて己のパソコンにかがみ込む巨体に、日下は憐れみの籠《こ》もった視線を投げた。

初めてスパムメールを受け取った時にはそれなりにショックを受けた日下であったが、今は屁とも思っていなかった。ささやかな幸せがこんなところにまで影響を与えていた。

今の日下にとって赤塚は、人に嫌がらせすることでしか鬱憤《うっぷん》を晴らせない可哀想な男にすぎない。

かちりと音を立て、不要なメールをゴミ箱へドラッグする。

件名とメルアドでわかるスパムメールをまず削除し、判断に迷ったメールは開封する。ウイルス対策ソフトは毎日更新されているとはいえ、緊張感を伴う作業である。

文面から日下はアダルトサイトの掲示板に自分のメルアドが晒されていることに気づいた。だが、会社からその手のサイトにアクセスするわけにはいかない。お昼に漫画喫茶にでも行こうかなどと考えながら作業を続ける。毎日繰り返しているのでもう慣れたものである。

ドラッグ　アンド　ドロップ。ドラッグ　アンド　ドロップ。

すべて移動し終わりゴミ箱の中身も削除し終わった途端、するりと細い腕が首の周りにまとわりついてきた。後ろから柔らかい重みがのしかかる。驚いて振り返ると、珠洲が笑っていた。

珠洲は最近、日下を女友達の一人とでも思っているらしい。

「日下君、外線三番にお電話が入ってます」

「誰から？」

「あ、ごめんなさい。そこまでは聞かなかった」

ありがとうと言いながら受話器を取り上げると、赤塚が食いつきそうな凶相で日下を睨《ね》めつけていた。またか、とうんざりしながら三番を押す。

「お待たせいたしました。日下です」

「こんにちは。ご無沙汰しております。熾北です」

一瞬、誰だったっけと日下は考えた。オキタという音が熾北と結びつかなかった。対応しかねて迷っていると、熾北がくつくつ笑う。

「君の恋敵だ」

「……あなたですか」

むっとした声を出すと、赤塚がちらりと顔を上げた。日下は慌てて仕事を装う。

「本日はどのようなご用件でしょうか」

「ああ、君に馬鹿げたお芝居《しばい》の幕を引かせてあげようと思ってね」

「はい？」

習慣で受話器を顎の下に挟み込むと、日下はメモ帳を捲《めく》った。

「ずっとおかしいと思っていたんだ。君と彬では釣り合わないからね。でも、ようやくわかった。満木が君にそんなお芝居をさせたんだろう？」

満木の名前にどきりと心臓が跳ねた。そして思い出す。この男が高校で同級だったと野津たちが話していたのを。

「それは関係ありません」

「どうせわからないと思ったんだろうが、俺は知っているんだよ。君と満木が兄弟だってことをね」

「は？」

『きょうだい』？　英語にすれば、brother。

一体どういう勘違いをしているのだろう。

考え込んだ日下はある可能性に気がつき俄《にわか》に表情を曇らせた。

ゲイの世界に於《お》いて、養子縁組は結婚を意味する。恋人を自分の養子にするパターンもあるが、親の籍に入れて、兄弟を装う場合もある。

酷く怒っていたのに満木はあれから沈黙を保っていた。それを諦めたゆえだと日下は解釈していたのだが、本当は日下に隠れて悪巧みをしていたのかもしれない。

日下の部屋の合い鍵を満木は返していない。多分、日下の印鑑や身分証のある場所も知っている。

何年か前、ニュースで、知らないうちに何の面識もない外国人女性との婚姻届けが出され、受理されていたという事件が流れていたのが急に思い出され、血の気が引いた。

結婚ができるなら養子縁組みもできるかもしれない。

もし満木がそういうことをしたのであれば、確かに日下が恋人に頼まれて、恋人の友達の恋人のふりをしているのだという推理は成り立つ。

「何のことか、わかりませんが」

「あくまでお兄ちゃんの言うことを聞くか。だが、鮨に鰻《うなぎ》に、昨日は六本木でフレンチだっけ？　君の安月給で彬につきあうのは大変じゃないのか？」

かあ、と日下の顔に朱が昇った。またつけまわしていたのだ。この男は。自分と、野津を。なんていやらしい男なのだろうと、恐怖と背中合わせの怒りが募る。

「余計なお世話です。とにかく俺の恋人につきまとうのはやめてください。いい加減にしないと、それなりの手段をとらせてもらいますよ」

「面白い。楽しみにしているよ」

日下は受話器をたたきつけた。酷く動揺していた。恫喝まがいのことを言ってみたが、金もコネもない日下に熾北に対抗する手段はない。

それに、満木である。入籍なんて冗談ではない。今すぐ区役所に駆けつけ戸籍の確認をしたいが、仕事中にそんなことはできない。直接問いただそうかとも考えたが、日下は相変わらず満木の連絡先を知らない。

だったら？　どうすればいい？

日下は携帯を取り上げた。打開策は簡単である。野津に聞けばいい。

善は急げと立ち上がり、非常階段に出る。野津と話すのはどんな場合であっても嬉しい。それに日下から野津へ電話をするのは初めてである。すこし緊張しながら出るのを待つ。

何回かコール音が鳴った後、流れた留守録の案内に日下はがっかりした。電話をくれるようメッセージを残し、切る。

その時は、野津がすぐに折り返してくれるだろうと、そう、思っていた。

しかし、野津はなかなか連絡をくれなかった。

＋　＋　＋

野津は日下が勤務中であろうとなかろうと斟酌《しんしゃく》せずに電話を寄越す。だから日下は仕事をしながらそれとなく気にしていたのだが、終業時間まで携帯が鳴ることはなかった。退社して最寄り駅へと歩きながら、日下はもう一度電話をかけてみる。応答したのは再び無味乾燥な留守録メッセージだった。

家に帰ってもう一回、それから就寝前に一回、日下は電話をかけた。今度は別の意味で不安になっていた。

野津が仕事にも携帯を使っていることは知っている。デートの途中に携帯に出る姿も何度も見ている。日下のメッセージに気づかないはずはない。頻繁にかけてきているのもわかっているはずだ。それなのに、なぜ返事をくれないのか。

不安な気持ちで眠りにつき、翌朝、もう一度かけた。

やはり出ない。

疑惑が黒雲のようにむくむくとわいてくる。やはり野津は、お腹《なか》が減っていない時、日下に関心がないのではなかろうか。

＋　＋　＋

結局、野津と直接話せたのは、翌日の昼休みだった。

昼食をとろうと会社を出たばかりの日下は、聞こえてきた着信音にびくりと体を痙攣《けいれん》させた。突然立ち止まったせいで後ろを歩いていた人に突き飛ばされ、慌てて歩道の端に寄って携帯を取り出す。

ディスプレイで野津からの電話だと確認した時には小躍りしそうだった。急いでボタンを押し、耳に押し当てる。

しかし、待ちに待った野津の第一声は、冷ややかだった。

「何」

ぷしゅーっと、高揚した気分が萎《しぼ》み始める。

日下は携帯を両手で抱え込むようにして耳に押し当てた。

「……あの、野津さん。あ、会いたいんです、けど……」

「何で」

何で。

その一言に、日下は酷いショックを受けた。

これが恋人に言う言葉であろうか。

愛なんて微塵も感じられない。日下は見る影もなく萎《しお》れた。

「……理由がなくちゃ、いけませんか?」

長い沈黙があった。日下は目を伏せ、ガードレールに寄りかかった。目の前を通りすぎていく雑踏をぼんやり眺めながら、ひたすら耳を澄ます。

再び野津の声が聞こえてきた時、日下はほとんど泣きそうになっていた。

「何時がいいの?」

日下は咳き込むように答える。

「早ければ早いほど嬉しいんですけど……」

「じゃあ、今夜?」

「はい、野津さんがそれで大丈夫なら」

「俺、今、仕事が忙しいんだよね。もしかしたら遅刻するかもしれないけど、いい? 待ち合わせ場所はどうする?」

問われて日下は焦った。何も考えていなかった。慌てて頭の中のリストを捲る。いくつかの店名がよぎったが、他人の耳のあるところは嫌だった。消去法で残った場所を、日下は何も考えず口にする。

「あの、うちでどうでしょう？」

野津はまたしても黙り込んだ。携帯の向こうの沈黙が耳に痛い。日下も言ったと同時にしまったと思った。

他意はない。他意はないが、好きな人を部屋に呼ぶというシチュエーションは王道である。下心があると勘ぐられても仕方がない。

日下と言えども男である。野津相手にあれもこれもしてみたいという欲求がないわけではないのだ。

俄に心臓が動きを早める。どきどき、する。

ここで『ＯＫ』と言われたら、それはつまり『ＯＫ』ということになるのだろうか？

ごくり、と日下はつばを飲み込んだ。そわそわとガードレールの上で尻の位置を変えながら、日下はしかし、逆の可能性にも気づいた。来る気になっていた野津が警戒して、『やっぱりやーめた』と言う可能性である。冷静に考えるとその可能性の方が圧倒的に高い。野津はいまだに食事以上のつきあいを日下に許していないのだ。

野津はまだ黙っている。

期待のどきどきは、徐々に恐怖のどきどきへ変わっていった。

野津に拒否されるのは、とても怖い。

そして日下は墓穴を掘った。

「あのっ、別に変なことしようとか、そんな下心があって誘っているわけじゃありませんかっ」

「あ、やっぱり？」

野津の相槌は、日下がそう言うのを待ちかまえていたようなタイミングだった。

「そうだよね。日下君に限って燐北みたいないやらしいこと考えているわけ、ないよね」

いやみったらしい言葉がぐっさりと突き刺さる。日下はその場にしゃがみ込んだ。携帯からは尚も鈴を転がすような野津の声が聞こえてくる。

「じゃあ、仕事終わったら行くから。夕食は某ホテルのディナーセットがいいな」

「で、でぃなーせっと⁇」

「そ。デパ地下で売っているから、買っておいてよ。じゃ、ね」

ばいばい、また今夜。という台詞をことさら甘くささやき、通話は途絶えた。

ツーツーツーと呟く携帯を耳に押し当てたまま、日下はしばらくその場にしゃがんでいた。

何だか、なぁ。と呟き、掌の中の携帯を見つめる。

野津とのおつきあいは世間一般の恋愛とかなり様相が異なる気がした。野津が何を考えているのか、日下にはさっぱりわからない。一番わからないのは、野津がどの程度自分を好きなのかということだ。パーセンテージにしてゼロコンマ1なのか、意外に八十くらいあったりするのか、予想がつかない。おかげで日下は野津の一挙手一投足に振り回されっぱなしである。

一体、いつになったらAとかBとかCとかを許して貰えるのだろう。野津にはえっちをしたいという欲求がないのだろうか。

ふ、と息を吐くと、日下は勢いをつけて立ち上がった。とにかく今夜はうちに来てくれるのだ。それだけでも大きな前進だ。

携帯をポケットに滑り込ませ、歩き出す。

お昼休みはもう半分しか残っていない。

＋　＋　＋

夜の帳《とばり》が降りる頃、雨が降り出した。

シャツを引っ掛けただけの格好で、日下《くさか》は開け放した窓から外を眺める。湿った空気は土の匂いを含んでいた。日下はこの匂いが好きだ。なんとなく、切ないようなメランコリィな気分になる。

キッチンのテーブルには、野津《のづ》に指示されたディナーセットが二つ積んであった。お弁当のようなものだと思って買いに行ったのだが、どうしてどうして結構なお値段だった。

チンしてお皿にあければ、ホテルのディナーと同じ物が食べられる。そこに価値を感じて買う人も沢山いるのだろうとは思うが、日下は所詮《しょせん》レトルトという味気ない先入観から抜けられなかった。

人が目の前で作ってくれるものが、一番美味《おい》しい。

そう考え、日下は思わずふるりと頭を振る。無意識に、キッチンに向かうケモノのような男の後ろ姿を思い出してしまったのだ。

そうじゃない。

そうじゃなくて。

ぽつん、と前髪から雫《しずく》が落ち、手の甲で弾《はじ》ける。ぶるりと体を震わせ、日下は窓を閉めた。雨の音が遠くなる。

野津はまたしても赤いスポーツカーでやって来た。

膝を抱えてテレビを眺めていた日下は、ベルが鳴るまで気がつかなかった。バネ仕掛けの玩具《おもちゃ》のように飛び上がり、玄関に走る。建てつけの悪いドアが軋《きし》み、悲鳴めいた音を上げた。

ドアの向こうに立つ野津には人形のような美しさがあった。

頬《ほお》が濡《ぬ》れているのに気がつき、日下は無意識に手を差し伸べ、指先で水滴をすくい取った。おろしたてなのだろう、ストライプの入ったスーツの肩口には幾《いく》つもの水滴がキラキラ輝いている。野津が身じろぎすると、水滴は生地の上をコロコロと転がり落ちていった。

「ワイン、買ってきた。美味《うま》いかどうかわからないけど、まだ冷たいと思う」

無造作に突き出された細長い手提げ袋を受け取り、日下はおずおずと野津を窺《うかが》った。野津が日下に何かを買ってくれるなんて初めてだった。

「ありがとう」

野津の口元がふっと笑みのカタチに歪《ゆが》む。

「で、何の用？　俺をこんなところにまで呼びつけるなんて」

野津は日下の体を押しのけ、まるで自分の家のようにずかずか上がり込んだ。寝室の入り口まで行ってつと振り返る。

「タオル貸して」

「あ、はい」

急いで箪笥から夕オルを取り出し渡すと、野津は濡れた顔を拭きながらベッドの上にどすんと腰を下ろした。白いタオルの隙間《すきま》から、黒い大きな瞳が日下を見上げている。

日下は唇を舐《な》めた。何だか、ひどく緊張してきた。

「あの、満木《みつき》の連絡先を教えて欲しいんです」

「はあ?」

野津はきょとんと日下を見上げた。

「そういえば、満木の家知らないって前も言ってたっけ? 電話番号も知らないの? どうして?」

「どうしてって……特に興味もなかったし」

野津の眉根に皺《しわ》が寄る。何やら考え込みながらタオルをベッドの上に放り出し、スーツの上着を脱ぎ始めた。日下はあたふたと、また箪笥を開け、ハンガーを取り出した。

上着を受け取り、鴨居に引っかけたフックに下げる。その背中に野津がまた言葉を投げかけた。

「でも、君たち、つきあってたんだろ?」

日下の動作が止まる。

つきあって、いたんだろうか?

外から見たらそう見えるのかもしれない。やることはやっていた。一緒に過ごした時間も長い。満木には、『好き』だという言葉ももらった。

でも、日下にはどうしてもそういうふうに考えられなかった。かといって、他に満木と日下の関係を表現する言葉も知らない。

「まあ、ある意味では」

我ながら曖昧《あいまい》な返答だ。

「じゃあ、今頃何で知りたがるの？　満木に会いたくなった？」

「そんなこと全然ないです！」

力一杯否定すると、日下は野津の足元に跪《ひざまず》いた。満木に未練だなんて、そんな誤解だけはして欲しくない。熾北《おきた》との一件を推理を交えて説明すると、野津の眉間《みけん》に刻まれた皺がみるみるうちに深くなった。

「兄弟だって？　そんなことを言ったの？　あの馬鹿！」

そう吐き捨てると、野津はベッドを殴った。ぎし、とスプリングが嫌な悲鳴を上げる。

「何かの間違いだろうし全然気にしてないんですけど、一応心配だから。だから、満木に」

言いながら、日下は携帯を取りだした。電話番号を教えて貰《もら》うつもりだった。真新しい折り畳み式のシルバーボディをかちりと開く。

だが、顔を上げると、野津は奇妙な表情で日下を見ていた。何か言いたげに唇が動いて、止まる。

野津さん？　と柔らかく問うと、ついと視線をそらす。野津らしくない落ち着きのない仕草だ。

「俺から満木に聞いとく。連絡するようにとも伝えておくから。それでいいよね？」

「教えてくれないんですか?」

「んー、その前に満木と話したい事ができたから、やめとく」

どういう意味なのだろう。

量りかね、携帯を握り締めたまま野津の顔を見上げる。野津はやはり日下と目を合わせようとしない。

落ち着かない空気が漂う。

唐突に野津が手を伸ばし、日下の頭をがしがしと撫《な》でた。

「話はこれで終わりだよね? 俺、おなか減ったな」

とろけるような甘い声でささやく。ころりとベッドの上に横倒しになり、猫のように餌《えさ》をねだる。

もう、話すつもりなどないのだ。

野津の意図を汲《く》み、日下は携帯を閉じた。

「すぐ支度《したく》します」

もやもやした気持ちを抱えながら立ち上がる。

食べ物の大半は、レンジで温めるだけですぐでき上がる。説明文を読んだところ、シチューはどうやら鍋で温めた方がよさそうだった。片手鍋を取りだし、パッケージの中身を開ける。火にかけてから、野津の持ってきたワインを調べた。まだ、充分冷たく、ボトルの表面にうっすらと汗をかいている。

ワイングラスなんて洒落《しゃれ》た物はないから、コップに注ぐ。透明なガラスの中、高級なのだろうそれはただの水のようにしか見えなくて、何だか申し訳なくなった。

次の機会までに食器類も揃《そろ》えようと思いながら二つのコップを持って寝室を覗《のぞ》くと、野津はベッドに仰《あお》向《む》けに転がったまま日下の卒業アルバムを眺めていた。本棚に並べてあったものだ。

「野津さん、食前酒をどうぞ」

「ん」

ころりと俯《うつぶ》せに転がりグラスを受け取ると、野津は得意そうな笑顔を見せた。アルバムの一点を指さす。

「これ、日下だろ」

中学卒業時の集合写真だった。生真面目《きまじめ》な顔でこちらを見つめるその姿が何だか恥ずかしくて、日下は苦笑する。

「よくわかりましたね」

「あんまり変わってないし。ね、他にアルバムないの？　日下のちっちゃい頃の写真とか。家族写真とか見たい」

ベッドの上に転がっているのは、保存状態が悪くてしみの浮いた中学の卒業アルバムと高校の卒業アルバムの二冊である。それから封筒に無造作に突っ込まれたままのスナップ写真が数枚。それだけだ。

「ごめん、それで全部なんだ」

日下は穏やかに微笑《ほほえ》んだ。

「えーっ。何、俺には見せたくないわけ？」

「本当に、ないんです」

野津は信じない。不機嫌に唇を尖《とが》らせ、背を反らすようにして上体を起こす。

「ケチ。いいだろ。見せなよ」

日下は静かに目を伏せた。

「無理ですよ。全部、燃えちゃったんですから」

「そうなの？　火事、とか？」

野津が無邪気に聞き返す。

日下は持っていたワインを呷《あお》った。香りと同じくフルーティな味わいのそれは、涼やかに喉を滑り落ち空っぽな胃の腑《ふ》を焼いた。ふわりと体の中心から心地よい酩酊感《めいていかん》が湧き上がる。

他人に話すようなことではないと、わかっていた。だが、少し迷っただけで、日下は口を開く。

「いいえ。父に焼かれたんです。うち、俺がまだ子供の時分に母が余所《よそ》の男と駆け落ちしちゃって。その一週間後くらいかな。夜中に変な気配がして、目が覚めた」

てっきり幽霊だと思った。部屋の中に誰かいてごそごそと何かを漁《あさ》っている。日下は慌てて目を閉じて息を殺した。しんと静まりかえった真夜中、男が動くたびに生ずる衣擦《きぬず》れの音やごとごとと何かがぶつかり合う音、小さな呼吸音がひどく大きく聞こえ恐ろしかったのを、はっきりと覚えている。

永遠とも思える時間の後、男は何かを見つけだし、日下の部屋を出ていった。

緊張はなかなかほどけなかった。誰もいなくなってからもしばらく、日下は体をガチガチに固めて布団の中でじっとしていた。

やがて真っ黒だった部屋にぽっと光が差した。窓の外が明るい。子供の日下はちらちら揺れる光に誘われ、窓際へ歩み寄った。

朝はまだ遠く、寝静まった住宅街にはぽつりぽつりと灯《とも》る街灯以外の光源はない。ただ、窓の下、日下宅のちっぽけな庭の真ん中に、なぜかたき火が燃えさかっていた。

秋でもないのにどうしてと、日下は幼い頭で思った。

炎はすぐに勢いをなくした。真っ黒な煙を吐き出しながら蛇の舌のようにちろちろと閃いている。その横に父がしゃがみ込んでいた。炎に照らされた顔は、汚れ、歪んでいた。

父は、泣いていた。

心臓を見えない手でぎゅっと握り締められたような気がした。苦しくて、日下はパジャマの胸元を掴《つか》む。

そんなもの、見たくなかった。

日下は、泣いている父親を醜悪だと思った。母が家にいた時は優しくしてあげたことさえない、尊大な男だったのだ。それなのに逃げられてめそめそと泣いている。

同情なんて感じなかった。

日下は静かにベッドに戻ると、横になった。なぜだがぎしぎし胸が軋んで、眠れなかった。

「翌日、父が会社に出掛けた後、庭に出てみたら母が残していった靴やら服やら、俺のアルバムやらの燃え滓《かす》がありました。結構、ショックだったな。勝手にアルバム燃やされて」

「そ、か」

野津が嫌なこと話させてごめんと目を伏せる。途端に酷い罪悪感に襲われた。

日下にはわかっていた。自分のしたことの意味が。

古い傷を見せびらかし、野津の同情を得ようとしている。……なんてあさましい行為だろう。

「はは、なーんてね。何か、みっともない話しちゃいましたね」

日下は明るく笑い飛ばす。何でもないことだと、自分はそんなことで傷つきはしなかったのだと、……同情などしなくていいのだと、言外に主張する。

だけど、野津は日下に手を差し伸べた。白い、小さな掌《てのひら》が髪に触れ、日下は体が震えるのを感じた。

「そんなこと、ない。どうしてそんな言い方するのさ」

野津らしくない、優しい声だった。

野津は本当に日下に同情しているようだった。後頭部に回った腕にやんわりと力がこもる。引き寄せられ、日下は己《おのれ》の話の威力に愕然《がくぜん》とした。

導かれるまま野津の胸元に頬を寄せると、急に鼻の奥がツンと痛んだ。涙の分泌量がなぜか増え、瞬《まばた》きを繰り返す。そうしないと、零《こぼ》れ落ちてしまいそうだったからだ。

「じゃあ、日下はお母さんの写真を一枚も持っていないんだ」

「う、ん。でも、別に……いいんです」

写真を焼かれるくらいなんてことない。最悪だったのはもっと別のことだ。

「お母さんとその後、会ったことは？」

「ありません。会っても、母だとわかるかどうか」

「日下」

野津の声には労《いたわ》りが感じられた。背中に回された手に、わずかに力が加わる。

そのまま押し倒してしまえばもうワンステップ進められたのかもしれないシーンだった。

かつてないくらいに親密な空気が二人の間にあった。

だが、日下は愚かにもただ触れあっているだけで満足した。恋人との抱擁ではなく、母に抱かれているような、そんな安らぎを野津の体温に覚えながら。

野津の指先が不器用に髪を撫でる。不意に触れていた肩が振動し、日下は驚いて顔を上げた。野津が、面白そうに顔をほころばせている。

「ふふ、でも、じゃあ、ね。母上のその後を知らない以上、可能性はあるわけだ。君と満木が兄弟だっていう」

日下は即答した。

「いや、それは無理ですよ。満木、どう見たっておっさんだし。俺より年下なんて、ありえない」

あの後、母が子供を産んだとしてもまだ小中学生程度にしかならないはずである。

野津が胸元に手をあて、仰々《ぎょうぎょう》しく仰《の》け反《ぞ》った。

「おっさんと言われると、俺も痛いんだけど。満木、ああ見えて俺と同い年なんだからね？」

「あ！　ごめんなさい。でも、そうは見えないですよね。野津さんなら俺と同じ年に見えなくもない」

野津は持っていたグラスを飲み干し、日下に押しつけた。

「あいつもああ見えて苦労しているから。あの若さで扶養家族五人も抱えてるし」

「ふようかぞく」

グラスを受け取った手が止まる。

思わず、復唱してしまった。

満木の年齢で扶養家族と言ったら——普通は、妻と、子供だ。

……結婚していたのか。

日下は愕然とした。でも、ありうるかもしれない。満木は遊び人だ。現に日下も『有希君《ゆうき》』と二股をかけられていた。

不本意にも、胸が痛んだ。

「何？」

「いえ、何でもないです。でもあいつに家族なんて養えるんですか？　競馬だけじゃあ……」

「競馬？　ああ、それも結構な副収入になっているみたいだけど、あいつちゃんと働いているよ？　普通のサラリーマン」

「え」

グラスを持ってキッチンへ移動する。ぺたぺたと足音がして、野津がついてきているのがわかった。

とうに加熱は終っており、日下はうわの空でレンジからパッケージを取り出し、テーブルに置いた。シチューを温めている鍋はもう少し時間がかかりそうだ。

思いがけない数々の新情報で、頭の中はいっぱいだった。

普通のサラリーマンな満木。妻子持ちの満木。真面目に働いている満木。

どれもうまく想像できない。

野津が透明な液体に満ちたグラスを差し出してくれる。それを受け取りながら、日下はかろうじて微笑んだ。

「満木がオフィスで働いている姿なんて想像できないな」

「ふふ、気持ちはわかるよ。でも、マジネタだからね。特にここ一年は真面目に働いて、車の頭金までちゃんと作ったし。ある意味すごいよ、あいつは」

カウンタック。

それも日下の気持ちを揺らすマジックワードのひとつである。その単語を聞いたり赤いボディを目にしたりするたび、日下の心臓はきゅんと引き攣《つ》れる。満木を連想してしまうせいだ。

日下はぎこちなく笑い飛ばした。

「野津さん、騙《だま》されちゃ駄目ですよ。あんなのふりだけです。俺なんかのために本当に買う気なんて、満木にあるわけない」

ぐつり、と鍋が泡を吹く。沸騰させてはいけないと慌てて火を止め、器を取るため振り返ると、野津が頬杖《ほおづえ》を突き日下を見ていた。

「俺が頭金に幾ら吹っ掛けたか、知ってる?」

車に興味などない。日下は相場を知らなかった。ただ漠然と、中古だし友人から買い受けるのだから、かなり安く値切っているのだろうと、思っていた。

「一千万円だよ。俺はまけてやったりなんかしなかった。欲しくて買った車だし、もう手に入らないしね。譲れなんて、何勝手なこと言ってんだって頭来てた。それで諦《あきら》めるだろうと思ったんだけど、あいつ、耳を揃えて持ってきたよ。消費者金融にまで手を出してね。そうまでされたら俺も車を売らざるを得ない」

「いっせんまん……？」

「実際には幾らかまけてやったけどね。サラ金分は即返済させたし。家族もいるっていうのに、何考えているんだかあいつは」

ぼこり、ぼこりと、芳醇《ほうじゅん》な香りを放つシチューが泡立っている。それを白いシチュー皿にあけていく。

いまさら、満木の誠実さなど知りたくなかった。

「ねえ野津さん。どうしてそんなことを言うんですか？　満木が俺をどう思っていようと、もう関係ないじゃないですか」

「そうかもしれないけど。一応、友達だし。ろくでもない男だけど誤解されたままっていうのは、ちょっと可哀想《かわいそう》かなって」

ごとんとシチュー皿が乱暴な音を立てた。日下らしからぬ、粗雑な動作である。クロスの上に白い飛沫《しぶき》が飛び、野津がびくりと身を引いた。

テーブルの上に両手を突き、日下は野津に詰め寄る。

「それで？　誤解を解いて？　満木を好きになって欲しいんですか？　俺は今、野津さんとつきあっているつもりなんですけど」

大きな黒い瞳が、瞬きもせず日下を見上げた。

「何だかまるで野津さんは、俺と満木のよりを戻させたいみたいだ。ねえ、野津さん。俺のこと、どう思ってんですか？　本当に、好き？」

野津は視線をテーブルの上に落とした。台拭きを見つけ、こぼれたシチューをぬぐう。

テーブルの上が綺麗《きれい》になると、野津はいきなり汚れた布巾《ふきん》をシンクに向かって放り投げた。布巾は剝《む》いたまま放置されていたパッケージの残骸《ざんがい》の上に落ち、ばさりと音を立てた。

「そういうのさ、俺よくわかんないんだよね」

不機嫌な声だった。

にこりと顔の筋肉だけが笑みの形を作る。

「愛だの、恋だの。みんなやたらと拘《こだわ》るけど」

野津の目は笑っていない。文句があるなら言えと言わんばかりの、挑発的な光をたたえている。

日下はゆっくり椅子《いす》を引くと座り込んだ。

愛だの、恋だの。

日下にだってよくわからない。それらはまだ日下にとっておぼろげな概念でしかない。でも、ひとつだけはっきりわかった。

「野津さん、やっぱり俺のこと好きじゃなかったんだ……」

ふうっと体の力が抜け、日下は上半身を肘《ひじ》で支えた。

野津は意地悪く答えた。

「俺、そんな台詞《せりふ》一度でも言った？」

日下は両手で顔を覆った。

言っていない。つきあってやってもいいよと、それだけだ。だから騙したわけじゃない。自分は悪くないと、野津はそう言いたいのだろう。

だけど、日下は真剣だったのだ。せせら笑われるのを覚悟で告白して、満木まで切り捨てた。

それなのに。

どこかで、何かが割れる音が聞こえた気がした。日下はぼんやりと、青い魚の絵が描かれた茶碗のことを考えた。物心ついた頃から家の中にあったが、満木の癇癪《かんしゃく》をぶつけられ粉々になってしまった、あの、お茶碗。あれが、日下だ。

「日下、泣いてんの？」

野津が無邪気に聞く。

「ごめんね。でも俺、本当に何にも感じないいんだ。満木がよく言う。おまえは頭のネジが一本足りないいんだって。実際そうなんだと思うよ。恋したことなんかないし、他人と一緒にいるのも面倒くさい。でも、ね。俺、『おつきあい』したのは、日下が初めてだから」

言葉を切ると、野津はワインで唇を湿らせた。ボトルはもう半分以下に減っており、頬が上気し始めている。

「他の奴らは駄目だったんだ。エロセンサーはビンビン反応するし、落ち着かなくって。日下だけだよ、一緒にいてもいいかなって思えたのは。だからさ、もう少しつきあってよ。もしかしたら、いけるかもしれないし」

ね？　と野津が小首を傾《かし》げる。

人を、試供品扱いするな。

そう憤《いきどお》りつつも、日下はこっくり頷《うなず》いていた。

野津をつっぱねたら、日下は一人だ。すでに満木は日下のもとを去り、いない。

また、同じことを繰り返そうとしている自覚はあった。独りになるのが怖くて、みっともない真似を晒《さら》そうとしている。

ただ一つ違うのは、これが日下自身の意思によるものだということだった。

「ねえ、おなか減った日下」

催促され日下は、慌てて準備を再開した。パッケージのままでは味気ないので料理を皿に移そうとしたが、そんなに待てないと駄々をこねられ、席に着く。白いパッケージが並ぶテーブルの上の光景は雑然としていてちっとも美しくない。

ワインを継ぎ足し、改めて乾杯する。

グラスを口元に運ぼうとした野津が、つと動作を止め、にやりと笑った。

「ね、じゃあさ、義理の兄弟っていうのは、どお？　満木と」

まだその話題が続いていたのかと、日下は苦笑した。

「どうもこうもないです。もしそうだったとしても、関係ない。義理の兄弟なんて、単なる他人です」

えー、ドラマティックで面白そうなのに、と野津が唇を尖らせる。シチューを口に運びながら、日下は大仰《おおぎょう》に眉を顰《ひそ》めて見せた。

値段が張るだけあって、シチューは美味しかった。

だけど、白いプラスチックのパッケージがちりちりと嫌悪感を刺激する。存在しない悪臭を鼻の奥に感じ、日下は気づかれないよう溜息《ためいき》をついた。

野津は食事を終えると、いつもと同じようにそっけなく帰っていった。

赤いスポーツカーを見送って部屋に戻ると、静けさがやけに耳につく。白々とした蛍光灯の下で見る自分の部屋は他人の顔をしていた。

テーブルの足元にうずくまる白いプラスチックパッケージ満載のビニール袋から、楽しかった時間の名残《なごり》がほのかに匂った。シチューの匂いは、日下に『幸せ』を連想させた。不意に襲ってきた寂寥感《せきりょうかん》に、日下は『一緒にいてくれる誰か』を切実に望んだ。

野津が自分のものになってくれればいいのに。

開け放たれた扉の向こうに卒業アルバムが置きっぱなしにされているのが見え、日下はふらふらと足を進めた。ギシギシ軋むスプリングの上に座り込み、一冊を手に取る。パラパラめくると、モノクロな平面の中から笑いかけてくる幼い自分と目が合った。

口元は確かに笑みの形をしている。だが、その目は死んでいた。

この頃、もう母はいなかった。

その日の朝、日下はいつも通り目覚ましに急《せ》かされ目を覚まし、パジャマ姿のままキッチンに下りた。だが、朝食のいい匂いで満ちているはずのキッチンには何もなかった。綺麗に片づいたテーブルに酒だけを並べ、父が一人座っている。

変だな、と幼い日下は思った。ママはどうしたのかと聞きたかったが、機嫌の悪い時の父には近づかない方がいいことを日下はとうに学んでいた。くるりと方向転換し、母の姿を家中くまなく探してみる。

どこにもいない。

勇気を振り絞って父にも聞いてみたが、濁った目で睨《にら》み返されるばかりで答えては貰えなかった。不審に思いながらも、日下は諦めて学校に行った。何も詰め込まれなかった腹がきゅうきゅう鳴って何度も級友に笑われたけど、そんなことはどうだってよかった。

ママが、心配だった。

日下はまだ子供で、思いついた不在の理由は旅行と入院ぐらいなものだった。授業中、鉛筆の先を睨みつけながら、日下は推理した。ママが日下に黙って旅行に行くわけないから、きっと病気なのだ。酷い病気でいきなり入院したのに違いないと結論づける。

授業が終わると駆けて家に戻った。ママが帰ってきているかもしれないと思ったからだ。

だが、家にいたのは泥酔した父だけだった。

ママはいつまでも帰ってこなかった。

父はもともと家庭的な男ではなかったが、日下に食事をさせねばならないことにすら気づかなかった。日下は自分で冷蔵庫を漁り、食料がつきると仕方なく父に空腹を訴えた。父は驚いたような顔をして、千円札をくれた。

お金はあっという間になくなり、日下は度々《たびたび》金をせびらざるをえなかった。そのたびにまたかと嫌な顔をされ、日下は傷ついた。だが、そうしないと飢えを癒せない。

家の中は埃《ほこり》っぽくなり、洗濯籠《かご》から衣類が溢《あふ》れた。着替えがなくなってしまったけれど、誰も日下の面倒を見てはくれない。父は朝早く出勤し、自分だけ食事を済ませて帰ってくる。何もかも自分でやるしかなかったが、まだ小学生だった日下には難しかった。

日常生活は完全に破綻《はたん》した。

父は相変わらずママの行方《ゆくえ》を教えてくれない。

一週間が過ぎる頃、冷蔵庫の奥、並んだビールの後ろから傷んだ料理が入ったプラスチック容器が出てきた。母がいなくなる前夜、食卓に並んでいたロールキャベツ、おいしくて、ほかほか湯気をたてていたのに、今は変な臭いがする。白く脂の浮いた容器の中身を眺めていたら、急に我慢できなくなった。

子供っぽいヒステリーを起こし、ママに会いたいと泣きわめいて、初めて日下は真相を聞かされた。『あの女は外に男を作って出て行ったのだ』と、父は怒鳴った。『おまえを捨てて行ったんだ。あの男には――から、それに――し、おまえなんてもう要らないんだとよ。――から、おまえは捨てられたんだ。会いたいだなんて、そんな、みっともないことを言うな！』

思えば父も限界だったのだ。何もかもがうまくいかず、瓦解《がかい》していく家庭を目《ま》の当たりにさせられ、子供に泣きわめかれて爆発した。

だけど日下はまだ子供で、そんなことは理解できなかった。単なる八つ当たりだと割り切ることなんて当然できず、父が真実を言っているのだと受け取った。

本当に、ママに捨てられたのだと、思った。

部屋に駆け込み泣きじゃくる日下を、父はなぐさめてもくれなかった。

数日後、日下家は突然引っ越し、完全に過去の生活と別れを告げた。それは、幸せな子供時代の終焉でもあった。

+　+　+

翌日。いつものように残業を終えアパートに戻ると、キッチンの窓から明かりが漏《も》れていた。

薄く微笑むと、日下はドアノブを回した。思ったとおり、ドアは抵抗なく開いた。暗い廊下にさあっと光の帯が広がる。

満木が相変わらずだらしない姿でふんぞり返っていた。色褪《いろあ》せ白っぽくなった黒Tシャツの上にパーカーを引っ掛け、髪をツーテイルに結んでいる。まるで女の子みたいな頭が、何だか可愛い。しかし無精ひげだらけの顔はカワイクない。一癖も二癖もありそうないやらしい笑みに、条件反射で警戒心が呼び起こされる。

「久しぶり。来てたんだ。野津さんから話聞いた？」

「おお、あらかたな」

ふわりと味噌汁《みそしる》の匂いがした。からっぽの腹がきゅうと自己主張する。ビールを傾けていた満木が立ち上がり、鍋を温めはじめた。

その隣に日下は立つ。

「電話くれるだけでよかったんだけど」

今日は白味噌の味噌汁らしい。日下の大好きなメニューだが、白味噌なんて買い置きしていない。わざわざ買ってきてくれたのだろうかと、日下は横目で満木の精悍《せいかん》な顔を見る。

「電話じゃあ俺がつまんねーだろ」

久しぶりに見る獰猛《どうもう》な表情に、ひやりとした。

「そういう問題じゃないだろう。で、ヤったのか？　ヤってないのか？」

「……まだ、やってねえよ」

非常に不本意そうに唸《うな》って、満木はお玉から直接味噌汁を啜《すす》った。

「『まだ』は余計。永久にそんな日はこないんだからな」

怒ってみせるとまたギロリと睨まれた。乱暴な仕草でお椀に味噌汁をよそう。隣の鍋に入っているのは肉じゃがのようである。流しに汚れたプラスチック容器があるところを見ると、また家から運んできたのだろう。

ほんの少し申し訳なくなって、日下は上目遣いに満木を見上げた。

「なぁ、怒ってんのか？」

凶悪な光が満木の目に宿り、いきなり後ろ髪を摑まれた。ひきつれて痛む髪に文句を言うより早く、唇が塞《ふさ》がれる。

嚙《か》みつくようなキスだった。

軟体動物のように蠢《うごめ》く舌が進入してくる。その刹那《せつな》、指先にまで電流が走った。さあっと頭皮が粟立つ。

日下は大きく目を見開いた。

なんなのだ、この感覚は。

今まで存在さえ忘れていた全身の神経がざわめいている。ちりちりと帯電しているようなその感覚は――快感の前触れだった。

たかがキスだけで、と思う。だが、日下の体は日下が知る以上に飢えていたようだ。

鷲摑《わしづか》みにされた髪の痛みさえ性的刺激に置換される。空いている手で服の上から体を撫で回されたらあっさり膝から力が抜けた。

平衡《へいこう》感覚を失い思わず縋《すが》りつくと、気をよくした満木が喉で笑う。

腰の後ろに硬いものがあたり、日下はシンクに体を押しつけられたのを知った。足の間に満木が膝を割り込ませる。まずいと思ったが逃げる場所はない。太腿《ふともも》で股間を刺激され、日下はうめいた。

どんどん体のボルテージが上がっていく。

こんなの、反則だ。

くちゅり、と粘液質の音を立て、ようやく満木の舌が退《ひ》いていった。最後に日下の下唇を甘噛みして、離れる。

もっと、と欲しがる体をなだめ、日下は口元をぬぐった。満木の唇も濡れている。その様が妙にいやらしくて嫌で、日下は手を伸ばし、自分のシャツの袖口《そでぐち》で満木の口元も拭いた。満木はニヤニヤしながらされるままになっている。

下半身は密着したままだ。

「おまえってよ。体だけは、正直だよな」

自分勝手な言い様に、日下の頭に血が上った。男なら局部をもてあそばれて硬くなるのは当たり前である。それを曲解されてはたまらない。

「何言ってんだ」

「俺が欲しいんだろ？」

「全ッ然。そこ退《ど》けよ」

「やーだね」

満木は楽しげに、さらに下半身を押しつけた。途端にじわりとわき起こる快感に逆らい、日下は満木の胸を打つ。

「離せよっ！　俺が今、野津さんとつきあっているって知ってんだろ！　もうあんたとこんなことする気、ないんだ」

「おつきあい、ねえ……」

呆《あき》れたように首を傾げると、満木は無精ひげだらけの顎《あご》を掻《か》いた。

「なあ……。もう、無駄なことすんの、やめねえ？　野津なんかとつきあったって、しょうがねえだろ？」

「そんなの、あんたには関係ないね」

「野津がこんなこと、してくれるか？」

軽く腰を揺すられて、日下は慌てて両手で口を塞いだ。そうでもしないと、声が出てしまいそうだった。

満木は実に楽しそうに快感と戦う日下を観察している。悔しくて、日下は真っ赤な嘘をついた。

「してくれるとも！」

「へえ？　じゃあ、もう、ヤッたのか？」

心底驚いた、という表情で、満木が上半身を乗り出す。反射的に日下は仰け反った。

茶化しているのだと思ったのだけれど、満木は不思議なくらい真面目な顔をしていた。まじまじと見つめられ、へたれな日下はやはり嘘を吐《つ》き通すことができなかった。

「それは……まだ、だけど……」

やっぱりと、満木の肩から力が抜ける。

「どうせキスもしてねーんだろ?」

「何でそんなふうに決めつけるんだ!」

「じゃあ、したのか?」

「してない……けど……、もうすぐする! ちゃんとしょっちゅうデートしているし、昨日だってうちに来てくれたし」

「もうすぐ、ねえ」

満木は目を細め日下を見下した。我儘《わがまま》な子供を見守るような視線に日下は苛立《いらだ》つ。満木の反応は状況にあっていない。こういう場合、日下の言うことには聞く耳持たず、怒るか拗《す》ねるかするのが満木だ。それなのに、冷静にことの成り行きを見守っている。

変だ。何か、あるのだ。

初めから。野津が登場した時から何かがおかしかった。それは非常に曖昧で、言葉で説明することもできないレベルの齟齬《そご》だったけれど、気のせいではない。

苛々《いらいら》、する。

もう一度、日下は渾身《こんしん》の力を込め満木の体を押し退《の》けた。同じ男なのに、満木の体は鋼《はがね》のように硬く、微動《びどう》だにしなかった。悔しくて日下はわめき散らす。

「あんた、もう帰れよ！　余計なことをしてないってわかれば、もう用なんてないんだから！」

「ご挨拶じゃねーか。折角《せっかく》人がメシまで作って待っててやったって言うのによ」

「そんなの、あんたが勝手にしたんだろう。俺が頼んだわけじゃない」

「相変わらず可愛くねーガキだな。お仕置きが必要か？　ああ？」

また。

逞《たくま》しい腿が痛いくらいに押しつけられる。ぐりぐりと刺激され、全身の神経に電流が走った。腰が砕け、ふにゃふにゃになってしまう。

体を支えるようなものは、目の前の男以外ない。嫌だったがこらえられず縋ると、満木は満足そうに笑った。怒鳴りつけたいのに声も出せない。満木の肩口に額《ひたい》を押しつけ、日下は声もなくあえぐ。

満木の動きが変わる。乱暴に押すだけの動きが、セックスを思わせるいやらしいものへと変化する。

「よせ……、やめ……っ」

「嘘を言う、悪いお口はどれだ？　ん？」

指先で唇をなぞられ、背筋にまで鳥肌が立った。

この男が、欲しい。

体が、そう言っている。

愕然とするくらい強烈な欲求が、理性を凌駕《りょうが》しようとしていた。

でも。

「野津、さん……」

自分がつきあっているのは野津なのだ。流されるわけにはいかない。揺すられながら日下は必死に訴える。

「駄目だ、こんなの。なぁ、頼む、やめてくれよ、もう。俺には、野津さん、が」

「しがみついてんのは、てめぇの方だろ？」

返ってきた声の冷淡さに、日下は泣きそうになった。

「お願い、だから。やめてくれ、頼むから」

「んだよ。もっと別のお願いしてみせろよ」

満木の手が、背中を抱く。愛《いと》しげに髪を掻き回す。

「ヤりてえんだよ。ヤらせてくれよ、日下」

真剣な声でそうささやかれ、日下はきつく目を閉じた。

傲岸不遜《ごうがんふそん》な男の切なげな訴えに、下半身を直撃されていた。

やりたい。

というかヤられたい。久しぶりに満木のアレを中で感じたい。自分独りでは得られぬ快感に、狂わされたい。

して、と言ってしまいそうだ。

だが、その寸前で満木が身を引いた。支えを失った日下はそのままキッチンの床にへたり込んでしまった。

「おまえは、ケチだ！」

満木が忌々《いまいま》しそうにわめいた。

「ドケチだ！　ちっとヤるくらい、いいじゃねえか」

どすどすと裸足《はだし》の足が遠ざかる。明かりのついていない寝室に入ると、満木はハーフパンツを脱ぎ捨てた。どきりとしたが、満木は続いてジーンズに足を入れた。それで、諦めたのだとわかった。

何と言っていいのか、わからなかった。

「野津なんて、外面《そとづら》だけいい悪魔だぜ。おまえはまだあいつの本性を知らねえんだ。あんなのに引っかかって、この超いい男の俺様を振るなんて、おまえは馬鹿だ。馬鹿だ、馬鹿！」

満木は憤懣《ふんまん》やるかたないといった体《てい》で、力いっぱい『馬鹿』と吐き捨てまくる。

「ごめん、満木」

「謝んな、馬鹿！」

吠《ほ》えると満木はジャケットを羽織った。帰る気なのだ。さすがに罪悪感が募る。

「あの、満木。折角作ったんだし、ご飯くらい食べて行ったら」

「ほんっとに馬鹿だな、おまえは。ちんたら飯なんか食ってられる訳《わけ》ねーだろ。襲うぞ」

「襲うって……」

「早く野津に振られろ、馬鹿！」

バタン、とアパートのドアが乱暴に閉められた。

カンカンカンとリズミカルに階段を下りる満木の足音を、日下は息を潜めて聞いていた。地上に下りつくと同時に、満木の気配は感じ取れなくなった。

静寂が耳に痛い。

俯《うつむ》き、日下は深く息を吐いた。そっと自分の体を抱いてみる。

「好きなんかじゃ、ないのにな……」

自分の体の過敏すぎる反応が信じられなかった。心と体は別ってよく言うけど、そういうことなんだろうか。独りそう呟《つぶや》くと、日下は膝小僧に額を擦《こす》りつける。味噌汁のいい匂いがしたが、すぐ食事する気にはなれなかった。

体が、熱い。

満木に与えられた刺激が熾《お》き火《び》のように残っている。欲求不満にくすぶる体に促《うなが》されるまま、日下は右手を伸ばしスラックスの上から触れてみた。じんわり広がる快感は微熱を含んでいた。思った通り酷く敏感になってしまっている。

満木のせいだ。

いやだと思いつつも、日下は手の動きを止められなかった。服の上からの刺激では飽き足らず、ベルトを外す。スーツのスラックスと下着も一緒に脱ぎ捨てた。ひんやりとした空気にさらされた肌が粟立《あわだ》つ。床も冷たい。

まだ柔らかい自身を握り込む。

「ん……」

気持ち、いい。

手を動かすと、じわじわと高まってくる。だけど、期待していたのはこんなものではない。子供のように体温の高い大きな掌で少し乱暴に扱《しご》かれる時の、あのたまらない快感が――！

「あ！」

ぞくぞくっと、キた。腰骨のあたりまで痺《しび》れる感覚に喉が反る。

同時に満木を想像していた自分に気づき、日下は唇を噛んだ。そうじゃなくて、ええと、そう、野津である。日下が現在ラブラブなのは、野津なのだ。ということで、野津で想像してみる。

すこし考え、日下はあえて上品なスーツ姿の野津を思い描いた。いつもきっちり締め上げているネクタイは緩み、第二ボタンまで外れた襟元《えりもと》から鎖骨が覗いている。上気し、欲望に潤んだ表情を妄想するところまでは簡単だった。ワインに酔った野津は実に色っぽかったからである。

彼が、このキッチンにいる。恥ずかしそうに剝き出しになった日下自身を見つめている。その瞳には物欲しげな色が揺れており、やがて我慢できないとばかりに膝を突いてスーツ姿のまま日下の足の間に座り込み、あの可愛い唇でぱくっと……。

そこまで考え日下は首を振った。何か、違う。妄想の中とはいえ野津にそんなことをさせるなんて、どうにも罪悪感が疼《うず》いて集中できない。

諦め、日下は妄想の対象を切り替えた。

——引き絞られた美しい体を持つ、最悪の獣《けもの》に。

以前、キッチンでされたことを想像する。そうしたら瞬時にちりちりと鳥肌が立った。

「嘘……」

実際にあったことのせいか、興奮の度合いが違う。ピンと自分の中の何かが張り詰めた。

あの時、満木はいきなり背後から抱きつき、片腕で日下の体をホールドした。もちろん日下は暴れたが、空いている方の手であっという間にパジャマの下とトランクスを奪い取られてしまった。ちょうど今と同じ姿だ。

いきなり何をするんだと日下が怒ると、満木は悪戯《いたずら》したくなったんだと笑った。

それから摑まれた。あの熱い掌で、少し痛いくらい乱暴に扱かれて。

「んっ」

——痛みもまた、快感だった。

野津バージョンの妄想ではなかなか硬くならなかったモノに芯が通る。時々先端の割れ目に爪《つめ》を立てられたら、びくん、びくんと体が跳ねた。

『ここがいいんだろ？　んん？』

「い、いい……っ！」

現実には、日下はそんな台詞を返したりはしなかった。ただ唇を噛んで、漏れる声を殺そうとしていただけ。でも、これは単なる日下の想像である。何を言っても構わない。

『よしよし、いい子だな、もっとやって欲しいか？』

「ん……、も、もっと……、もっと、して……っ」

くっくっと耳元で笑われる。

『やらしい奴だ。こんなにえっちな汁出しやがって』

すでに溢れている先走りの液を指先に絡《から》め、先っぽに擦りつけられる。ぬるぬるとした感触がたまらない。日下は満木の腕の中で身悶《みもだ》える。

「いい……っ」

『カワイイぜ、日下』

ちゅくちゅくと粘液質の音がする。激しく扱かれ、日下は絶え間なく甘い声を上げた。

たまらなかった。

気持ちよくて、どうにかなりそう。

『そうら、イキな』

言葉と同時に耳に歯を立てられ、日下は全身を突っ張る。どくんどくんと欲望が吐き出された。満木は丁寧に最後まで絞り上げ、それから消失した。

放出を終えると体は力を失い、ゆっくりと床の上に横倒しになった。

モスグリーンの床を汚す白い液体を、日下はしばらくぼんやりと眺めた。

静かだった。自分の荒い呼吸音しかしない。ぶーんと冷蔵庫の唸る音がかすかに聞こえる。

「俺、何やってんだろ」

日下はのろのろと起き上がった。テーブルの上にひとつだけ味噌汁のお椀が載っている。

折角満木が温めてくれていたのに、もう冷え切っているようだ。

ティッシュで床を拭いた。青臭くなったそれを丸めてゴミ箱に向かってシュートしたが、うまく入らなかった。

後ろが、疼く。

満木に慣らされた体は射精だけでは満足できず、胎内まで犯されることを切望していた。

でも、もう満木はいない。

＋　＋　＋

「日下、何だこれは」

休み明け、出勤してオフィスに一歩入った途端に語気荒く呼びつけられ、日下は足を止めた。

自分の席を、システム部のスタッフ二人と上司が囲んでいる。ぴりぴりと緊迫した雰囲気に、朝はいつも姦しい同僚たちまで言葉少なだ。

日下は足早に自席へ向かった。

先週の仕事で何かミスをしたのだろうか。それとも恐れていたウイルス感染か。様々な可能性が頭の中を駆け巡る。

スタッフが開いていたのは日下のメーラーだった。受信簿にはびっしりと未開封メールが表示されている。その一つが開かれていた。

いやらしい文句が目に飛び込んでくる。ついにゲイサイトの出会い系掲示板にまでアドレスが晒されたらしい。あけすけな言葉でセックスをしようと誘うメッセージに、日下はくずおれそうになった。

「サーバーがパンクしたんだよ。調べたら容量オーバー。それで原因を探したら、君に行き着いたわけ」

スタッフが淡々と状況を説明する。確かに週末はメールチェックをしなかった。スパムは日に日に増え、今では膨大な数に上っている。ウイルスメールは重い。週末の間蓄積されたメールがサーバーに負荷をかけたのだろう。

肘のあたりがいきなり摑まれる。顔を赤黒くした上司が日下に珍獣を見るような目を向けた。

「きっ、君は、ゲイだったのかね」

すうっと胸の底が冷えた。一瞬、どうしてばれたのだろうと狼狽《ろうばい》する。

だが、違った。

「落ち着いて。日下君自身がゲイサイトに書き込んだんじゃなくて、誰かがいやがらせに日下君の名前を使って書き込んだんですよ。ほら、ね？　こっちには援助交際の申し出のメールもある。日下君、男なのに買う気なのかね」

神経質な笑い声が上がった。

日下も硬い笑みを浮かべる。考えてみればすぐわかることだった。日下自身がゲイである証拠などどこにもないのだ。

「しっかしこれ、随分前からでしょう。どうしてこんなに増えるまで言わなかったの。社内のパソコンは全部繋《つな》がっているって知ってるよね？　君はそのすべてを感染の危険に晒していたも同然なんだよ。たかがメールと思うかもしれないけど、この種のトラブルは君だけの問題じゃすまない。言ってくれればメールアドレス変更するとか対処してあげたのに」

あ、と日下は口元を押さえた。全く思いつかなかった。

「すみませんでした」

「すいませんじゃ済まないよ、まったく。とりあえずメルアド変えるよ」

「お願いします」

変えてもムダだろうと思いつつ日下は頷いた。社員のメールアドレスはすべて社内専用掲示板に表示される。社員なら変えても追跡することができるのだ。

「後で新しいメルアド、知らせるから。ああ、犯人探しもしてやろうか？」

「え？」

「追跡する方法は色々あるんだよ。場合によっては訴えることもできる。被害はスパムメールだけなの？」

「あの……」

とっさに日下は向かいの席を見た。赤塚《あかつか》が食い入るように日下を見ている。

ああやっぱりと日下は改めて確信した。

赤塚が犯人なのだ。

あえて調べてもらい、赤塚に制裁を加えるという選択もある。だが、日下はゆっくりと首を振った。

「もう少し待ってください。できれば自分で解決したいんです。無理なようなら相談します」

「そう」

ファイルに何やら書き込み、システム部の面々は立ち上がった。出掛けにちらりと赤塚に目をやる。赤塚を凝視しすぎたせいで気づかれたのかもしれない。

もう一度赤塚を見ると、パソコンに向かっていた。

日下も席に着くと、社内掲示板から赤塚のアドレスを探し出し、短いメールを送った。返事はすぐに戻ってきた。

+　+　+

時計の針が十二時を回ると、途端にビルの中が騒がしくなった。事務の女の子たちが大勢できゃらきゃらと笑いさざめきながら食事に出掛けていく。

日下もパソコンを終了すると立ち上がった。上着を着込み、階段に向かう。行き先は下ではなく上だ。段ボール箱がいくつも置かれ狭くなった空間を、ゆっくりしたペースで上っていく。

屋上まで四階分。上りきって扉を開くと、まぶしさに目の奥が痛んだ。

まだ寒い季節である。吹きさらしの屋上には日下の他に、一人しかいなかった。

「何だよ話って。寒いんだから、早くしろ」

手すりに寄りかかり煙草《たばこ》を吸っていたのは赤塚だ。

日下は少し間を空けて赤塚に並び、手すりにもたれかかった。

「スパムメールの主って、赤塚だよね？」

「さーな」

「違うのか？」

日下は冷静に赤塚の横顔を見つめた。

「だったらシステム部に犯人を追跡してもらわなきゃならないな。俺だって嫌がらせされていい気分はしないから」

赤塚はせわしなく煙草をふかしている。

いい天気だった。冬特有の薄い水色が空を塗りつくしている。

日下はひたすら赤塚の反応を待った。

いきなり赤塚が吸いかけの煙草を投げ捨てた。屋上の縁を越え下界に落ちていく。

「何だよ。それで？　俺が犯人だったらどうする気なんだよ。土下座でもしろってか」

荒々しく怒鳴りつけられ体がすくんだ。だが同時に日下は、赤塚も怯《おび》えていることに気がついた。

煙草を投げ捨てたのも、自棄になっているからだ。だからといって、マナーを無視していい訳がないけれど。

「別にそんなことしなくていいよ。だけど、もう二度としないでくれ。書き込みとかも今日中に全部削除して欲しい。それから」

それから。どうしようか。

日下は少し、考えた。

「思いつかないな。とりあえず、保留」

「は、何だそりゃ」

いつものふてぶてしい笑みを取り戻した赤塚がもう一本タバコを取り出す。

用事は済んだが、とんぼ返りするのも淋《さび》しい。ふと思いつき、聞いてみる。

「赤塚は俺が嫌いか？」

「大嫌いだね」

即答に、苦笑する。

「つーかさ、あんたが俺たちを嫌いなんじゃねーの？　飲みにもつきあわねえしよ」

「そんなことないよ。俺は」

事情を説明しかけた日下の言葉を、赤塚は強引に遮った。

「なくねーだろ。それでいて女の子はうまいこと誘うしさ。あんた、感じ悪いよ」

「いや、俺から誘ったことなんて一度もないんだけど」

「余計むかつく！」

重量級の赤塚に寄りかかられ、錆《さ》びた手すりがぎしりと鳴った。街を眺めていた赤塚が日下に顔を向ける。

「どうやって珠洲《すず》さんを口説《くど》いたんだよ」

「はい？」

日下はきょとんと赤塚を見上げた。

喋《しゃべ》っているうちに興奮してきた赤塚が、口から唾《つば》を飛ばしてわめく。

「珠洲さんは入社した時から俺がツバつけてたんだっ！　それなのに、おまえみたいなへなちょこに取られるなんて、納得いかねえ」

がしっと胸ぐらを摑まれ、日下は根本的な部分で誤解があったことにようやく気がついた。

女の子と仲良くしている時点で嫌われるだろうとは思っていたが、まさか珠洲が原因だったとは。

日下はへらっと笑った。

「俺、珠洲ちゃんとは何でもないよ？」

「嘘つけっ！」

「いや、本当に。他につきあっている人いるし」

恋人がいるのだと言える幸せに、日下はちょっと酔った。

「珠洲ちゃんもそれ知っているし、それ以前にそーゆー関係じゃないし。いつもグループでご飯食べているだけだよ？　二人きりになったことさえない。つきあっているなんて誤解だ」

ネクタイを握る赤塚の拳《こぶし》がぶるぶると震えた。

「じゃあっ、じゃあ、おまえが定時で上がる日は、珠洲ちゃんとデートじゃなくてっ」

「うん。別の人とデートしてた」

いきなり投げ出され、日下はよろめいた。赤塚は体を丸め、拳を握っている。と思ったら、いよっしゃーという掛け声と共にガッツポーズした。

ついでに教えてやる。

「ちなみに珠洲ちゃん、多分フリーだよ」

「そーか！　誤解して悪かった、日下！」

「いや、理解していただけて嬉《うれ》しいよ。書き込みの削除、忘れないでくれよ」

さりげなく釘《くぎ》を刺すと、赤塚は情けない顔をして頭を下げた。

+
+
+

店の外にはひたすらに静かな世界が広がっていた。

今夜のデートは大きな公園の中央、美術館に隣接したフランス料理店でだった。店に入った時はまだ陽光の残滓《ざんし》でほの明るく、家路を急ぐ子供たちがいた。だが、食事を終えて店を出ると、天空に満月が輝いていた。

雲ひとつない夜の満月がこんなにも明るいなんて、日下は知らなかった。

青白い冷たい光に照らされ、噴水も石畳《いしだたみ》も深い緑も数時間前とは全く違って見える。

「いい夜だね」

野津の凜《りん》とした声が静かに響いた。

本当にいい夜だった。

駅に向かって小道を歩く。

「デートって、いいね。俺、夜の公園がこんなに静かだなんて、初めて知った」

機嫌よく微笑む野津にゆっくり身を寄せると、日下はその手を探った。そうしたい気分だった。なぜか拒否される可能性など考えもしなかった。

華奢《きゃしゃ》な手を捕まえ、指と指を絡めしっかり握り締める。野津はきょとんと目を瞠ったが、振りほどいたりはしなかった。照れくさそうに目をそらし、何事もなかったかのように足を進める。

石畳に二人分の足音だけが響く。

今日の野津は珍しくカジュアルな服装だった。ざっくりとしたオフホワイトのセーターの上にやはり白のダウンコートを重ね、グレイのスラックスをはいている。足元にはブーツ。セーターの袖が長く、手の甲までかかっているのがキュートである。

「ね、何か、話して」

野津が甘えた声を出した。

「何を？」

「何でも。そうだね、日下のことがいい」

「面白い話なんて、何もないです」

「面白いか面白くないかは、俺が決める。俺、もっと日下のことが知りたいんだ。いいことも、悪いことも。面白くないことも含めて全部」

全部。

石畳の終点は石段になっていた。眼下にまばゆい街の明かりが見える。そこで日下は立ち止まった。

かすかな羞恥《しゅうち》を感じた。そんなことを他人に喋ってはいけないとなけなしのプライドがわめいている。

だが、日下は酔っていた。ワインだけではない。野津と、月の光と、素晴らしい夜が日下を酩酊させていた。

――ねえ、ママ、きいてきいて！　今日、ぼくね……。

「母が出て行ってしまったという話は、前、しましたよね？」

「うん、小学校の頃の話、だよね」

「母が消える前日、学校から帰るとお客さんがいたんです。親父《おやじ》よりずっと背が高くて、倍も男前の男が」

繋いでいた手に力がこもった。

「もしかして、それって……」

「うん、多分、母の男。だけど、子供の俺にはそんなこと、わからなかった。母は機嫌がよくて、手の込んだパウンドケーキなんて焼いてくれて、その間、俺はその人に遊んでもらってました。朗らかで優しい人で、楽しかった」

知らなかったから、できた。

散々遊んで一緒にケーキを食べて。夕方、暗くなる頃にお客さんは帰っていった。見送りを終え、玄関のドアを閉めた時、母が何気なく聞いた。

――ねえ、――さんのこと、好き？

うん、と日下は元気よく応えた。

――あんなパパがいたら、いいと思わない？

うん、そうだね。

よくない質問に、よくない返事をしているとわかっていた。だが日下は少し意地の悪い笑みを浮かべ、言った。

あの人のほうが、ずっといいよね。

父は、よくいる中年男だった。

頭は薄くなりはじめており腹も出てて、お世辞にも風采《ふうさい》がいいとは言えない。仕事が忙しくほとんど家にはよりつかなかったが、たまの休みには母を小間使いのように扱った。少なくとも日下にはそう見えた。

日下にはあまり関心を示さなかった。可愛がってもらった記憶などほとんどない。たまに思いついたようにドライブに連れて行って、その土地のソフトクリームを買ってくれた。それだけが、家族らしい思い出だった。

嫌いではなかったが好きでもなかった。その微妙な距離感が日下に無責任な台詞を吐かせた。

「母がいなくなって一週間後かな。ようやくあの男がそうだったんだって気がつきました。すごく後悔した。母を奪う男を褒めたんだから」

「まあ、知らなかったわけだし」

「そう、知らなかった」

だからといって、免罪符にはならない。

「子供心に傷つくことが多かったな。親戚連中は母の悪口ばかり言うし、学校でも……いろいろあったし。何より自分も捨てられたっていうのがものすごいショックでした。子供にとって親の存在って絶対的なところがあるでしょう？　自分の存在価値自体を否定されたような、そんな気さえした」

だけど。

三年後、電話のベルが鳴った。その時日下は中学二年生になっていた。部活から帰ったばかりで父親はまだいなかった。

まだ木の匂いが抜けない廊下を日下は走った。家は新築の一戸建てで綺麗だったが、日下は馴染《なじ》めずにいた。住み始めて三年経《た》つのに他人の家のような感じがして落ち着かない。

『もしもし』

乱暴に受話器を取ると、日下はぶっきらぼうに言った。短い間の後、懐かしい声が流れてきた。

『――ちゃん……？』

『ママ？』

『よかった、ようやく見つけた』

涙声で名前を呼ばれ、日下は当惑した。喜びも怒りも、何もなかった。もう三年も経ったのだ。どんな激しい感情も擦《す》り切れ、カラカラに乾き、力を失っていた。

黙りこくっている日下に、母は一緒に住もうと掻き口説いた。いまさら何をと呆れてみせると、初めからそうするつもりでずっと日下を探していたのだと泣いた。

いきなり姿を消したから見つけられなかったと言われ、日下は唐突な引っ越しの理由を初めて知った。

捨てられたのではなかったのだ。

でも、だからといって求められるままついて行けはしない。三年の空白は大きい。日下はもはや小学生ではなかった。成長し、親のいない生活に適応している。知らない人の家に馴染めるかどうかもわからない。

パパとママのどっちが好き？　それだけで今後の生活基盤を決定できるほど、日下は子供ではなかった。冷徹に、より生きやすい環境を選別する。

母は、日下が喜んでついてくるものだと決めつけていたようだった。煮え切らない日下の態度に落胆を隠さない。徐々に興奮してゆく声のトーンに、逆に日下は白々しい気分に陥った。

感動的な母子の再会には、程遠い情景である。

だが、思いがけない一言が日下の感情を揺り動かした。

『だって、——ちゃん、あの人がパパの方がいいって、言ったじゃない。——ちゃんも一緒に来てくれるって思ったから、決心したのに！』

晴天の霹靂《へきれき》だった。

そんなこと、知らなかった。

では、自分のせいで、母は家を捨てていった？

自分のせいだったのか？

頭にきた。

気がついたらフックを押していた。受話器の向こうからは、ツーツーと単調な音が聞こえてくる。

ゆっくり受話器を戻すと、日下は何事もなかったかのように玄関に放り出したままの荷物を片づけに戻った。汚れ物を洗濯機に入れ、洗剤を入れる。洗濯が終わるのを待つ間に、テレビを見ながらコンビニ弁当を食べた。

——ちゃんが——、言ったじゃない——

何をしていても、聞きたくなかった言葉が頭の中でリフレインする。

洗濯物を干して、久しぶりに掃除機をかけて。片づいた頃に父が帰ってきた。いつものように酔っ払っている。父の顔は土気色《つちけいろ》だった。多分、肝臓がおかしくなっている。

日下はもはや子供ではなかった。

父が壊れていく様子をつぶさに見て、そのすべてが母に捨てられたせいだと理解していた。毎晩酒を飲み、ジャンクフードを詰め込み、ぶくぶく太っていく。趣味も持たないこの男は、家ではつまらなそうにテレビを眺め、酒を飲むことしかしない。

つまらない、人生。傍《はた》で見ていても、生きていて何が楽しいのだろうと思う。

この男はきっと長生きできない。

母が遺棄《いき》したせいだ。

母が悪かったとは思わない。母は母で、父に対していろいろ不満に思うことがあったのだろう。それについて、日下自身はどうこう言える立場にない。

だが、自分のこととなると別だった。

日下があの時、あの一言を言わねば今のこの現実はなかったかもしれないのだ。それがたとえ砂上の楼閣《ろうかく》であっても。母に苦痛を強《し》いるものであっても。

あんなこと、言わなければよかった。

さらに缶ビールを開ける父の醜い姿に、日下の罪悪感はちりちり痛んだ。

「日下のせいじゃないよ」

「そうかな」

「そうだよ!」

握り合わせた手をぎゅうぎゅう握られて、日下は笑った。誰にも言えなかった秘密の話を吐き出して、少しすっきりしていた。

驚いたことに、野津は目にいっぱい涙を溜《た》めていた。大きな目を瞠《みは》って唇を噛んでいる。綺麗な瞳である。どこまでも黒くて、深い。

日下はずっと自分が嫌いだった。考えなしで、ろくでもないことをぽろっと口にしてしまう。誰にも顧みられない、無価値な人間。

だけど野津は、自分のために泣いてくれている。

不思議な感動があった。自分の存在が確かに受け入れられていると、初めてそう感じられた。

暖かい感情のうねりに突き動かされるまま、日下は体を動かした。ちょっと屈《かが》めばこと足りた。あいている方の手を軽く野津の肩に添え——接吻《せっぷん》する。

野津は甘い香りがした。

だが、幸せの後には必ず落とし穴が待っている。少なくとも日下の人生において、それは絶対の法則だった。この時も例外ではなく、日下はいきなり突き飛ばされた。

予期せぬ衝撃に舌を噛む。痛みと同時に生臭い味が口中に広がった。

野津は、大きな目をさらに大きく見開いて日下を見ていた。白いコートの袖口で口元をぬぐう。

何かに取りつかれたような、神経質な仕草で。

何度も、何度も。

汚いものでも擦り落とすかのように。

その仕草が、日下の胸をえぐった。

「ごめん……」

手を伸ばすと、野津はびくりと体を震わせ後退《あとじさ》った。

明確な、拒否。

——キスなんて、どうしてしてしまったんだろう。

「ごめんね」

日下は差し伸べた手を、握り締めた。

不確かな幸福感はあえなく消え去った。

日下は踵《きびす》を返した。石段をゆっくり下りる。

下りきって見上げると、野津が水飲み場でうがいをしているのが見えた。また心臓が悲鳴を上げ、死んだ方がましだと思うほど痛む。

そんなにいやだった？　俺にキスされるのは。

ほろっと一粒涙が頬を伝った。ごしごしと目元をぬぐい、日下はもう一度呟いた。

「ほんとうに、ごめんなさい」

死にたい気分だ。

駅まで行き電車に乗ると、日下は虚《うつ》ろな瞳で周囲を見回した。草臥《くたび》れたサラリーマンも多かったが、カップルも沢山車内にはいた。踵《かかと》の高い靴のせいでふらつく女の子を目元を緩めエスコートする大学生風の男。つり革を握ったまま背中を丸めて、席に座るスーツの女性と言葉を交わすサラリーマン。人目もはばからずキスしている者もいる。

彼らが自然に獲得しているものを日下は得ることができない。いつだって一人ぼっち、羨《うらや》ましそうに指をくわえて見ているだけだ。

淋しい。

淋しくて、たまらない。

「何だ。俺の言うことが聞けないのか。だったらあの女のところへ行けばいいだろう。ほら、行け。出て行けよ」

父は他人を愛するということができない人間だった。

父との生活は苦痛だった。特に病魔に侵されていることがわかってからは地獄だった。だが、だからと言って父を捨てることはできなかった。父は入院を拒み、自宅で療養生活を送っていた。日下以外、面倒を見る人はいない。

「親が病気で苦しんでいるっていうのに、おまえは飲み会か。結構なご身分だな。誰の金で大学へ行けたと思ってんだ」

父は日下を束縛したがった。それが歪《いびつ》な愛情によるものなのか、それとも憎んでいたせいなのかはわからない。父は捨てられたが、日下は求められた。そのことが尾を引いているのかもしれないと、日下は思っている。

日下は徹底的に父に縛りつけられた。そのためだけに携帯を持たされ、授業が終わるとすぐに帰宅するよう強要された。飲み会に出席することは許されなかった。友達と遊び歩くことは許されなかった。口答えすることも許されなかった。

時々捨ててやろうかと思うこともあった。それができなかったのはやはり、自分のせいだという負い目があったからだ。

ごく稀《まれ》にでもいい。父が日下に対する愛情を見せてくれたなら、これほどつらくはなかっただろう。だが、そんなものはなかった。助けてくれる人もおらず、日下は一人だった。全部自分で背負うしかなかった。家を売り払いこの狭いアパートに越してきてからは、四六時中監視されながら。

ひとり親の家庭はたくさんある。親との折り合いが悪い子供も、もっと恵まれない環境にある子供もいる。これくらい、大したことない。そう、思おうと努めたけど、淋しかった。つらかった。苦しかった。

あの頃と、日下は全然変わっていない。

車内アナウンスが駅名を告げる。降りなければならないと思いつつも、日下は立ち上がることができなかった。人々が慌しく乗り降りし、電車が発車する。

それから二回、日下は電車を乗り換えた。もう夜も遅く、目的地まで行ったら今日中に帰れなくなるとわかっていたが、引き返す気にはなれなかった。

各駅しか停まらない小さな駅で降りる。

町はもう、寝静まっていた。駅前に広がる商店街もすべて店仕舞いしている。日下はゆっくり周囲を見渡した。

一度も訪れたことのない土地だった。だが日下の足取りに迷いはない。

この町を日下は熟知していた。地図はもちろん、ネットで町情報までチェックしていたからどこの店の何が美味しいということまで知っている。

母から電話が来た直後だった。父が小さなメモ書きをくれたのだ。行きたきゃ行けとだけ、言って。その悄然《しょうぜん》とした姿に、日下は逆に行けないと思った。

母が暮らす町に。

駅前の大通りをまっすぐに進んで五分。国道を越えて一本目で右折。突き当たりを左に曲がって、三軒目の家。

夜目にも花が咲いているのが見えた。白い壁の一軒家だった。ベランダに蔦《つた》のようなものが絡みついている。形が変だが多分藤《ふじ》の枝だ。母は昔から藤が好きだった。盆栽の小さな鉢《はち》をとても欲しがっていた。

月の光の中、綺麗に整えられた小さな庭は燐光《りんこう》を放っているようだった。母の好きなものがいっぱい詰まった、幸せの家がそこにある。窓からは暖かいオレンジ色の光が漏れている。母はまだ起きているのだろうか。

曲がり角で立ち止まったまま、日下はじっとそれを眺めていた。

衝動に駆られてここまで来てしまったが、別に目的があったわけではない。いまさら話すこともないし。いきなり訪ねてきても母は困るだろう。

……新しい家庭があるのだし。

もう少し眺めたら帰ろうと思った。

冷気がじわじわと足元から這《は》い登ってくる。

馬鹿なことをやっている自覚はあった。まるで子供の行動である。母に会って何になるというのだろう。そもそも母はもうとっくに日下のものではないのだ。

だが、日下はなかなか歩き出すことができなかった。

不意に話し声が聞こえ、日下はびくりと周囲を見回した。明るい光が目を射る。三軒目、ちょうど母の家の玄関が開いたのだと気づき、日下は狼狽した。電信柱の陰に隠れ様子を窺う。

懐かしい姿が現れた。ほとんどシルエットしか見えなかったが間違いない。母だ。

じんわりと胸の奥が熱くなった。

記憶通りのフリルのついたエプロンが翻《ひるがえ》る。母は小さな声で何か言っている。何を言っているのかは聞き取れなかったが、それは確かに母の声で、日下の目はまた潤んだ。

続いてもう一人、家の中から出てきた。

長身の男である。長めの髪を後ろで一つに束ねている。

――――――満木だ。

笑いながら母に何か言っている。また何か余計なことを言ったのか、母がその頭をこづいた。

……昔、子供だった頃の日下によくしたように。

それ以上我慢できず、日下は踵を返した。胸が苦しくて、息もできない。ほとんど駆けるようにして母の家から遠ざかる。

ずっとこらえていた何かが、日下の中から溢れ出ようとしていた。

二人の様子は親しげだった。他人ではありえない、親密な雰囲気が二人の間にはあった。

穏やかで、ゆったりしていて、優しい。

完璧《かんぺき》な情景だと思った。それと同時に酷い疎外感を覚えた。

あの中に、自分は入れない。

自分には、あんなに屈託のない表情は作れない。開けっぴろげに笑えない。

胸が焦げるほどの憧憬《どうけい》を抱く一方で、憎んでいるからだ。自分を父の元に置き去りにした母を、涼しい顔で自分を裏切り続けてきた満木を。

大切な何かを永久に失ってしまっていたことに、日下は初めて気がついた。

だから。

日下は逃げる。逃げ続ける。見たくないものは見ない。手に入らないものは欲しがらない。

何もかもを拒絶し、いつまでも独りきり――。

不意に視界が開け、日下は川べりに出たことに気づいた。堤防に登ると、太く黒い川が眼下を流れているのが見える。

月はまだ頭上高く、朝は遠い。

少し堤防の上を歩いた。静まり返った夜に革靴の音がやけに大きく響く。歩きながら目元をぬぐったが、ぬぐってもぬぐっても視界はすぐにぼやけた。背後から近づいてくる靴音から逃げるように川へ下る階段へ折れたものの、中ほどまで下りたところで力つき、座り込んでしまう。

それから日下は、膝を抱えて本格的に泣き始めた。

靴音は階段の上まで達すると、止まった。

「暗い奴だなぁ。んなとこで泣いてねーで、こっち来いよ」

暗い川面《かわも》に低い声が響いた。日下は身じろぎもしなかった。

「うるさい。あっちへ行け」

みっともなく震える声で追い払おうとするも、日下の求めとは逆に足音は近づいてくる。

「んだよ、黙ってて悪かったよ。でも、言えなかったんだ。わかるだろ。別に悪意があったわけじゃねえ」

「うるさい、タコ。あっちへ行けって言ってるだろ！」

「んな命令聞けるかよ」

満木はえらそうに言った。

「前にも言ったろ。一人で泣くなって。泣く時は俺の胸で泣けって」

「おまえ、馬鹿だろ」

ざりりとブーツが擦れる音がして、満木が隣に腰を下ろしたのがわかった。肩を抱こうと腕が伸びてくる。だが日下はそれを問答無用で叩き落とした。

「触るな……っ！」

だが満木はしつこかった。強引に肩を摑むと、両腕を日下の体に回してしまう。日下の両手は体にぴったり沿う形で固定されてしまった。完全に抵抗を封じた満木が日下の耳元に唇を寄せる。

「あんまり驚いてねえな。もしかして、知ってたのか？　俺が誰か」

「気づかないわけないだろう。あんた、父親にそっくりだからな」

「へえ。親父に会ったことあんのか」

「ああ、一回だけ」

日下は涙に濡れた瞳で満木を睨みつけた。

「あんた、俺の義理の兄だよな。なのに、何でこんなことするんだよ」

満木は憮然《ぶぜん》としていた。その顔が日下の大嫌いな男と重なった。

母を奪った男に。

初めはただ、随分似ている男だなと思っていた。それが現実にあの男の子供だと確信したのは、関係を持ってからだ。

頻々《ひんぴん》と持ってくるようになった手料理。その味に全く違和感がないことに、日下はある日突然気づいた。

たとえば肉じゃが。

同じ肉じゃがでも店によって味が異なる。みりんが強すぎるなとか、にんじんが足りないな、とか。

日下の母は豚肉で肉じゃがを作った。たまねぎをたっぷり入れ、ジャガイモは必ず男爵《だんしゃく》いもを使う。それからコロコロに切ったにんじん。

様々な店で食事をしてきたが、日下はこれぞ肉じゃがという肉じゃがと出会ったことがなかった。いつも何かが違うと思っていた。それがなぜかなんて、つきつめて考えたことなどなかったが。

作っている人が違うから味も違うのだ。

では、誰が作った肉じゃがなら『これぞ肉じゃが！』と思えるのか。

それは日下に『これが肉じゃがというものだ』と最初に教えた人物である。つまり、母。

まさかと思った。そんなことがありうるだなんて、考えたくもなかった。だから日下はその考えに蓋《ふた》をした。気のせいだと思い込もうとした。

なかったことに、したかったのに。

「何だよ。知っていたのかよ。なら何で何も言わなかったんだよ。ったく、気を使って損したぜ」

満木は否定しなかった。日下の中で、何かがぐぐうと質量を増し、爆発する。

「知るかよッ！」

満木の腕の中で、突然日下は体をよじった。

この男の、しゃあしゃあとした態度が許せなかった。

唇が痙攣《けいれん》する。憤るあまり、まともに喋ることもできない。ひび割れた喉から、悲痛な叫びが絞り出される。

「面白かったか？　面白かったか⁉　何も知らない俺の生活を引っ掻き回して、俺の気持ちを――」

踏み躙《にじ》って。

自分は、何も知らずにこの男と寝たのだ。うわべだけの優しさを信じて、すがって。好きだとさえ、思った。

「だーかーらー、言えなかったっつってんだろ。騙すつもりはなかったんだって。落ち着いて、俺の話を聞けよ」

「聞きたくないッ！　大嫌いだ、あんたなんて。もう俺に触るな。さわるな――っ！」

日下は絶叫した。

この男は。日下が父と息の詰まるような日々を耐えている間、母と一緒にいたのだ。嫉妬《しっと》と呼ぶにはあまりに切ない感情が渦巻き、日下を飲み込む。

日下は渾身の力を振り絞って暴れた。

だが満木の腕は外れない。逆に万力《まんりき》のような力で日下を締め上げる。

「おまえには悪いことをしたと思っている。おまえから母親を奪ったのは俺のようなもんだからな。だから尚更言えなかった。すまねえ」

「うるさい！　聞きたくない！」

「いいから、聞けって！　おまえの親父が死んだって言う知らせが来たのは、ちょうど葬式の日だった。おふくろはえらくショックを受けていたよ。父子二人でそれなりに幸せにやってんだろうと思っていたら、随分長患《ながわずら》いして死んだって言うじゃないか。葬式には間に合わないが、おまえのことも心配だし、線香ぐらい上げたいって言うから、俺と弟がつきそって出掛けたんだ。ところが、アパートの前まで来たのはいいものの、おふくろはどうしても入ろうとしない。いまさらおまえに合わせる顔なんてないっつってな」

「うっ」

唇をかみ締め、日下は体を震わせた。

「アパートの前でごちゃごちゃ言っているうちに、おまえが出てきた。そうしたら、馬鹿だよな。おふくろときたら、いきなり逃げ出しやがったんだ。弟に追いかけさせて、俺はあんたの後を追った。難儀だったぜ。するっと駅に入って行っちまうしさ。その上、折角電車の中まで追っかけたっつうのに、弟からはおふくろがヒス起こしているから今日は諦めて帰るって連絡が来やがった。俺の努力はなんなんだっつーの。ここまで振り回されてただ帰るなんてつまらねえ。だから、おまえの後をつけたんだ」

耳を塞ぐこともできなかった。

「最初は何なんだこいつって、思ったよ。父親が死んだばかりだっつーのに、ゲイバーに繰り出してんだからな。だから、からかってやろうと思ったんだ。他人のふりして話しかけてだけど」

うなじに満木の額が押しつけられた。じゃり、と砂の擦れる音がする。満木は強張《こわば》った日下の体をしっかり抱きなおし、足の間に挟んだ。

「種明かしはとうとうできなかった。大して飲まないうちにおまえはぐでんぐでんに酔っ払っちまった。くっだらねー愚痴《ぐち》ばっかだらだらたれて、鬱陶《うっとう》しいことこの上なかったぜ。その上、途中からハイになりやがってよ。誰彼構わず乾杯し始めやがった。なんつって乾杯したか、覚えているか」

日下は力なく首を振った。

「くそったれな親父の死に乾杯、だ」

日下の記憶にはない。

だが、満木が言うのだからそうなのだろう。

なおも言い募る満木の声を消すため、日下はわめいた。しかし即座に満木の大きな掌が口を塞いだ。

「ちっとばかし、痛かったわ。おふくろの連れ子なんぞどーでもいいって思っていたんだがな。言いにくい話だが、おまえが親父さんのところに取り残されたのは俺のせいだ。おふくろがうちに来た時、俺は反発した。そりゃもう、ありとあらゆる方法で嫌がらせをして、騒ぎを起こした。ガキだったからな。おふくろがどんな想いで決断して、何を捨てて来たのかなんて、考えもしなかったんだ。そうこうしている間におまえたちは消えちまった。家はもぬけの殻、電話は通じない。おふくろはそりゃ一生懸命探していたぜ。だが、グレた俺が次から次へと問題は起こすわ、ガキはできるわ、産後の肥立ちは悪いわで——三年も経っちまった。その時にはもう、可愛かったはずの息子はひねくれ、おふくろを拒絶した。なあ、何でだ？　ずっと離れていたとはいえ、母親だろう？　ちったぁ優しくしてやったっていいじゃねえか？　おまえのせいでおふくろ、そりゃあ落ち込んじまったんだぞ」

では彼女は気づいていないのだ。自分の言ったことの意味を。息子に与えた衝撃を。苦痛、を。

日下は笑った。

母親ならではの思い上がった行為だった。

電話は何度も何度もかかってきた。その耳に突き刺さる音は、日下の神経を痛めつけた。母にやめてくれと言う勇気は日下にはなかった。それ以前に、受話器に触れることすら憚《はばか》られた。けたたましい音を無視し続ける日下を、父が陰鬱《いんうつ》な目で見ていたからだ。

頭がおかしくなりそうだった。

「まあ、以上で懺悔《ざんげ》は終わりだな。おまえのいかれた蛇口《じゃぐち》も直ったようだし、うちへ帰ろうぜ」

襟首を摑まれ、立たされる。日下はむっつりして満木と向かい合った。

満木が思案《しあん》気《げ》に顎のあたりを掻き、日下の顔を覗き込む。

「怒ってるか？」

日下はガラスのように色のないまなざしを返した。

「別に。もう、全部過去のことだし」

泣いて怒って、いかに傷ついたか訴えたところで何にもならない。過ぎ去った時はもう帰ってこないのだから。結局のところ、許したふりをして日下が全部呑《の》み込むしかないのだ。

――日下は諦めることに慣れ切ってしまっていた。

なぜか満木が痛そうに顔をゆがめた。俯き、日下の手を取る。迷いなくどんどん歩いてゆく満木の背中を眺めていて、日下はふと気がついた。ここは満木の地元なのだと。この川辺で、子供の満木は遊んだのかもしれない。

肩越しに振り返る。すでに背後には高く盛り上がった堤防しか見えない。その上にはまだ月が懸かっていた。


タクシーでアパートまで戻ると、満木が我慢できないとばかりに襲いかかってきた。そういえば、もう随分満木とは寝ていない。

いつものように強引に顎を掬《すく》い上げられ、キスをされた。

部屋に入ったばかりでまだスーツも脱いでいない。キッチンの真ん中で男二人、何をしているのだろうと思う。だが、きつく抱き締められては抗《あらが》うこともできない。

満木の舌は日下の口の中で我が物顔に蠢いている。多分、上手《うま》いのだ、と思う。満木にキスされると心拍数が上がるし、時々ぞくりと背筋にまで走る刺激がある。

だが、日下は決して応えない。抵抗こそしないが——それこそ無駄な行為だ——徹頭徹尾マグロで通す。

飽かず満木は日下の唇を貪《むさぼ》った。何かに飢えているようだなと日下はふと思い、恵まれているこの男に足りないものなどあろうはずがないと、唇を合わせたまま笑った。

長い、長いキス。

ようやく唇を解放されて、日下は深呼吸を繰り返した。満木はまだ、額や髪にキスを繰り返している。

「するのか?」

嫌だな、と思いながら問うと、満木は頷いた。

「どうして俺にこんなことするんだ?」

ずっと抱えていた問いをぶつけると、満木の視線は宙をさまよった。うーんと考えるポーズを作る。しかし返ってきた言葉は、極めて即物的だった。

「そりゃ、ヤりたいからだろ」

ああそう。

きしりと日下の中のどこかが軋む。

「好きだぜ、日下。こんなに欲しいと思ったのは、初めてだ」

白々しい言葉は日下の中を素通りした。甘い言葉を信じるほど馬鹿ではない。満木の本音は一言目にあるとわかっている。

溜まっているのなら別の男のところに行けばいいのにと思ったが言い争うのも面倒で、日下は満木に引っ張られるままベッドへ腰掛けた。こんな時ばかり働き者の満木の指がボタンを外していく。スーツもきちんとハンガーに掛けてくれた。肩先を押されベッドの上に転がると、次の攻略ポイント、ベルト&ファスナーに満木が集中する。

「おら、足上げろよ」

足首を摑まれスラックスもひきずり下ろされる。

半裸で、日下はベッドの上に横たわった。緊張で呼吸が浅くなる。

せっかちに衣服を脱ぎ捨てた満木がのしかかってくる。相変わらず引き絞られた美しい裸体から日下は目をそらした。

「ずっとこうしたかった……」

耳元でささやかれ、ぶるりと体が震える。低い満木の声は鼓膜にさえ快感を与えた。

続いて耳たぶにキスされ、奥歯をかみ締める。軟骨を甘嚙みされたら鳥肌が立った。

「……！」

小動物のように緊張して硬くなっている日下に、満木は含み笑いをもらす。シーツを睨みつけている日下は、その目が愛しげに細められているのを知らない。

満木の手が本格的に日下の攻略に取りかかる。何度もベッドを共にした経験から、感じるポイントは完全に把握されている。すぐに息が上がり、体の中心に芯が通る。

「ここが気持ちいいんだよな、日下は」

敏感な場所を愛撫され、びくんと体が跳ねた。慌てて逃げようとする日下の体を満木は有無を言わさず押さえつける。それどころか片足を担ぎ上げ、すべてを露《あら》わにされてしまった。まるで、おもちゃの人形のような扱いである。

大きく広げられた股間を満木が見ているのを感じ、日下はきつく目を閉じた。それだけで熱が上がる。硬く反り返ってしまう。

後ろをいじくられ声が漏れた。指をねじ込まれる快感に内部がびくびく痙攣する。とろとろと溢れた体液が幹を滑り落ちた。節操なく反応する己の体が恥ずかしい。

久しぶりに満木と寝た。満木は悪びれもせず、いつもと同じように日下を貪った。つらかった。体は確かに快感を感じていたが、悔しくて……切なかった。

+　+　+

翌日、母に逢《あ》いに行った。

満木に引きずられるようにあの藤の枝の絡んだ家を訪ねると、母が肉じゃがを作って待っていた。

迎え入れられた日下がこんにちはと不器用な挨拶をすると、母はいらっしゃいと他人行儀な言葉を返した。それから顔を歪め、いきなり抱きついてきた。

ぎゅうぎゅうと抱き締められ、その体の小ささに驚く。

母は、泣いていた。

外から見たら、感動的な母子の再会シーンに見えただろう。だが、日下の心は乾いていた。

お義理に彼女の体を抱き、泣き止《や》むのを待つ。

ママに逢いたがる年齢はとっくに過ぎていた。日下には彼女がただの女にしか見えなかった。

居間に通され、母の——満木の——家族を紹介される。

知らないうちに、日下には弟が増えていた。中学生を筆頭に、四人。新しい家族の出現に興味津々なのもいれば、面倒くさそうに料理をつついているだけの子もいる。

日下は無感動に子供たちの群れを眺めた。兄弟なのだという実感は全くなかった。ただ血が繋がっているだけで、これまで存在さえ知らなかったのだ。他人と大差ない。

あの男はいなかった。数年前に他界したのだと聞き、日下は胸を撫で下ろした。

母は時々涙ぐんでいた。

満木がべらべらと喋り、場を盛り上げる。

薄く微笑を浮かべ、日下はその時間をやりすごした。

+ + +

「甘いもの、好きだよね」

ドアを開けた途端に問われ、日下は固まった。

穏やかな日曜日の午後である。家事をあらかた片づけ買い出しにでも行こうかと思っていた時だった。

目の前に、白いケーキ箱を提げた麗人《れいじん》が立っている。今日はジーンズにVネックの黒いニットを素肌に直接着ていた。鎖骨が見えてやばいくらい色っぽいなと、日下はピントのずれた頭で思う。

「入っても、いい？」

可愛らしく首を傾げ、野津が微笑んだ。だが、聞いたのは形だけ、以前と同じく返事も待たずに日下を押しのけずかずか上がり込む。

「ちょっと待てよ。誰が入っていいっつったよ。ちゃんと日下が返事するのを待てよ」

その後ろから現れた無精ひげの男に、日下はあからさまに落胆の表情を見せた。

「おい日下。何だよその顔は」

吠え立てる狼《おおかみ》を無視してくるりと体の向きを変える。

野津はすでにキッチンのテーブルで嬉しそうにケーキの箱を開いていた。

「それ、ケーキ、ですか?」

見ればわかることをあえて訊《き》く。

「そ。手土産。満木がうるさくてさ。紅茶、ある？　アールグレイが好きなんだけど」

「はい。ちょっと待ってくださいね」

「お皿もよろしく」

やかんを火にかけ、食器棚を開けた。ケーキ皿なんて上品なものが独り暮らしの男の家にあるわけがない。パン皿を二枚と、魚用の皿をとりだす。

野津はいそいそと大きなケーキを出した。

「ここのケーキ、すごく美味しいんだ。特にいちごのケーキが」

「野津」

満木が不機嫌に唸った。

野津がちらりと視線をそちらにやる。満木はテーブルの脇に突っ立ったまま腕を組み野津を見下ろしていた。

ふん、と鼻を鳴らすと、野津は満開の薔薇のように華やかな笑みを日下に向けた。

「ごめんね、日下」

「はい？」

「あれ。キスのこと」

ちりっと胸に痛みが走った。

「気にしていませんから」

ぎこちない笑顔を作って言うと、野津はあっさり頷いた。

「そ。よかった」

再びケーキ箱の中を覗き込む。どうやら多めに買ってきたようである。

ぴーとやかんが鳴り、お湯が沸いたことを知らせた。日下は紅茶を淹《い》れる作業にかかる。

のどかな情景の中、満木だけが苛々している。

「ちげーだろ！　ちゃんと説明しろっつったろ！」

突然ケーキ箱を奪われ、野津が目を吊り上げた。

「俺の！」

「ちゃんと言えば返す！」

野津が唇を尖らせてまた日下に顔を向けた。

「ごめんねー。俺、汚いの駄目なんだ」

日下が唖然《あぜん》としていると、満木がいきなり野津の頭を叩いた。

「なんって言い方するんだ、てめえは！」

「何で殴るんだよ！」

即座に反撃のパンチが飛ぶ。小学生のような二人の攻防はしかし、日下の目には入っていなかった。

汚いの。

その単語だけがぐるぐる頭の中をめぐる。

なんとか野津の手を押さえつけ、満木が言った。

「あのな、こいつはな、度を越えた潔癖症なんだよ。特に唾とか血とか、体液系が駄目。だから童貞だし、おまえとしたのが多分こいつのファーストキッスだぜ」

野津が目を吊り上げた。

「余計なこと言わないでいいッ！」

野津が潔癖？

嘘みたいな話である。信じるべきか信じざるべきか日下は悩む。

「でも、汚いっていっても、野津さんだってトイレ行ったりするわけですよね？」

野津の顔が心底嫌そうにしかめられた。

「日下もそういう汚い話しないでよ」

満木が調子に乗る。

「こいつな、ブルーデーがあるんだぜ」

「満木！」

「朝っから機嫌が悪いから何かと思えばムセー…」

言葉は途中で途切れた。野津が満木の腕に嚙みついていた。

「……だからよ、気にすることねえんだぜ」

取っ組み合いが一段落つき、ちょうど入った紅茶を差し出した日下に満木が言う。

日下は微笑んだ。

「別に気になんかしてないってさっきも言ったろ」

「嘘つけ。死にそうな顔してたって、こいつ言ったぜ」

野津は床に座り込んでいた。髪がくしゃくしゃに乱れている。

「ごめん。さすがに気になって、満木に連絡しちゃったんだ。……あの、ほんと、ごめん。君が嫌だったわけじゃなくて、本当に誰とも駄目なんだ」

満木とは別の意味で傲岸不遜な野津が床に視線を落としている。その口元には薄く微笑が刷《は》かれていたが、日下にはつらそうに見えた。

きっと、この人も淋しいのだ。

日下は黙って紅茶を差し出した。丁寧に淹れられた紅茶は、いい香気を放っていた。

野津が受け取り、ひとくちすする。

「おいしい」

――――そして野津と日下は友達になった。

つきあっていた頃よりむしろ距離は近くなった。部屋にも何の警戒感もなく遊びに来る。

というより、押しかけてくる。酒を飲みながらテレビを眺め、くだらないおしゃべりをする。

たまに満木とバッティングすると必ず喧嘩《けんか》になったが、それもまた楽しかった。

＋　＋　＋

季節は四月になった。

あたたかい陽気に日下は窓を開け放した。ベッドに腰掛け、ぼんやり外を眺める。眼下の私道には赤いスポーツカーが停《と》まっており、白い欠片《かけら》がその肌をところどころ覆っていた。大家の家の桜の、最後の花吹雪《はなふぶき》である。

まだシーツの中にいた野津が、唸って寝返りをうつ。

昨夜遅くに遊びに来て、泊まったのだ。日下の家には相変わらず一つしか布団がない。

一緒に眠るたび、日下の中で小さな葛藤《かっとう》が起こる。種々の出来事があったとはいえ、野津が日下の好みであることに変わりはない。

でも。

「やっぱり、日下といると気楽」

などと言われては襲うこともできない。

「それは、エロセンサーが働かないから？」

「その通り」

ぎし、とベッドが軋む。

起き上がると野津は猫のように拳で顔を擦った。

「まぁ、落ち着いて考えてみれば日下にエロセンサーが働かないのは当然だったんだけどね」

「どうして？」

「日下が俺と寝られるわけないだろ？」

それは、甲斐性《かいしょう》なしということだろうか。

「……よくわからないんだけど」

「はは。日下はボケちゃんだからなー」

機嫌よく笑うと、野津は日下に擦り寄った。並んで何ということもなく外を眺める。野津はまたピンクのシルクのパジャマを着ていた。

そのうちふと野津が日下に顔を寄せ、首筋のあたりに鼻を近づけ匂いを嗅《か》ぐ。

「なんか、日下って植物っぽいよね」

「？」

「生臭くないっていうか。だからいけるかなと思ったんだけど」

先月までのエセ恋人関係のことだと思い当たり、日下は少しブルーになった。理由はわかったとはいえ、キスを拒否された衝撃はそうそう忘れられるものではない。

少し意地悪したくなる。

「も一回試してみます？」

野津の顔が強張り、大嫌いなピーマンやにんじんを目の前にした子供のようになる。しばらく思い詰めたような表情で考え込んでいたが、こっくり頷いたので、日下は野津の頬に片手を添えた。

少し仰向かせてキスする。

きっかり五秒数える。最後に軽く唇を舐めて離れると、野津の体がびくっと揺れた。

「どう？」

気分はいじめっ子である。元の位置に戻って野津の反応を待つ。

野津の唇はへの字に歪んでいた。ぎゅっとシーツを握っているのは、口元を擦りたいのをこらえているからだろうか。

「うう……。なんか……」

落ち着きがない。目がちらちらとさまよっている。

「うがい、してきますか？」

苦笑して許すと、野津はベッドから飛び降りた。

「ごめん！」

キッチンに向かって一目散に走っていく。シンクでばしゃばしゃ口元を洗う背中から目をそらし、日下はもう一度外を眺めた。

キスした瞬間、カシャリという金属音が聞こえた気がした。

タイミングがタイミングなだけに気になったが、それらしいものは見えない。気のせいかと日下は思い、そのまま忘れてしまった。

＋　＋　＋

ペコッと、パソコンが新着メールなしを告げる。ちらりとメーラーに目を走らせると、日下はソフトを終了させた。

新しいアドレスは快適だった。受信簿にはまだ数件のメールしか表示されていない。古いアドレスに届くスパムメールも日に日に数が減っている。

パソコンを終了させると、日下は立ち上がった。夜も遅いというのにフロアはざわついていた。女の子たちが結構残っているのはこれから飲みに行くからららしい。普段残業をしない珠洲の姿もある。

軽く机の上を整理し、明日朝一にやらねばならない仕事の書類をキーボードの下に挟んでおく。

一階に下りると、赤塚が受付の女の子と話し込んでいた。会釈をしてその脇を通りすぎる。外には夜が広がっていた。

昼間に比べひんやりとした空気を吸い込み、日下は駅に向かって歩き出す。

人通りはあまり多くない。この辺はオフィス街で、飲み屋はもっと駅近くにまで行かねばない。十時間近く何も詰め込まれていない腹がきゅうと鳴る。夕食をどうしようか悩んでいたせいで、日下は背後から近づく足音に気づかなかった。

いきなり二の腕を摑まれぎょっとする。痛いぐらいの力で引っ張られ足がもつれたが、拘束は緩まない。日下を人気《ひとけ》のない路地へと引きずっていく。

「だ、れ」

腕を放され、ようやく日下はその男の顔を見上げた。かなり背が高い。多分満木を越えている。

顔は逆光で影になっていたが、日下にはわかった。

「熾北……っ！」

男が拳を振り上げる。

殴られるとわかったのに、反射神経皆無な日下の体は動かなかった。衝撃が弾けた頬の内側の粘膜に歯が食いこんだのがはっきりわかった。勢いで上半身が激しくぶれる。

体勢が整わないうちにもう一度殴られた。腹に拳がめり込み、激痛に膝が折れる。

吐きそうだった。だが、さらに熾北の足が動くのが、俯いた視界に入った。蹴られる、と思ったが、身を守る方法などない。

日下は両腕で頭を抱え、無様に路上に転がった。

恐れていた衝撃はだが、なかなかやってこなかった。

「その辺でやめとけよ」

赤塚の声がする。

硬く閉じていた瞼《まぶた》を開くと、赤塚が熾北を羽交《はが》い絞《じ》めにしていた。

「何だおまえはッ！」

「通りすがりの正義の味方」

「くそっ、離せっ！」

熾北は鬼神のごとく暴れたが、体格のいい赤塚は揺るぎもしなかった。

助かった、と思ったが、痛みが胃と頭の中で脈打っている。込み上げてくる吐き気に、さらに体が丸まった。

「熾北さん、本当にやめた方がいいっすよ。警察が来る前に逃げないと、ヤバイですって」

声で初めて存在に気がつき視線を走らせると、どこかで見たことのある中年男が逃げ腰になって熾北をなだめていた。熾北の手下だろうか。

「ちくしょう！」

熾北と日下の視線が交差する。怒りにギラギラ燃える目で、熾北は日下を睨みつけた。

「貴様なんかに……っ！」

怒りと嫉妬と焦燥とが入り混じった激しい感情の発露に日下はたじろいだ。

熾北はなぜ今になってこんなことを仕掛けてきたのだろう。

「はいはい。いい加減に諦めておうちに帰りな」

熾北の体が揺れ、路地の入り口に向かって突き飛ばされる。ようやく自由になった熾北は再び攻撃態勢をとったが、赤塚がぬかりなく二人の中間地点に割り込んでいた。にやりと笑ってボクシングめいた構えをする。体育会系のがっしりした体を持つ赤塚がそういう姿勢をとると、本物の格闘家のようだ。さすがに熾北もためらいを見せた。

「熾北さん、もう駄目ですって。行きましょう！」

中年男の声に悔しげに歯軋りをすると、熾北は身を翻し、路地の入口に固まっている会社の女の子たちの横を走り抜けていった。

珠洲が走ってくる。

「大丈夫？　ああ、どうしよう、血が出てる！」

「喧嘩すりゃあ、血ぐらい出る。口の中切っただけだろ。起きられるか？」

赤塚は落ち着き払って日下の脇にしゃがみこんだ。珠洲を意識しているんだなと思ったら急に笑いが込み上げてきてしまい、ぴりりと傷口が引き攣る。

「痛……」

「痛いよね、痛いよね⁉　ねえ、救急車呼んだほうがいいんじゃない？　頭打ったりしなかった？」

綺麗なハンカチで、口元を汚す血を拭き取られる。赤塚が苛立った声を出した。

「これぐらい、大丈夫だよ。喧嘩したぐらいで救急車なんて」

珠洲がキッと顔を上げた。泣きそうな顔で赤塚を睨みつける。

「赤塚さんって、酷い人ねっ」

痛恨の一撃に、赤塚は口をぱくぱくさせた。痛くてたまらないのに可笑《おか》しくて、日下は口元をゆがませる。

「大丈夫、だから」

ようやくそれだけ言って、体を起こそうと腕を突っ張ると、すかさず珠洲が手を貸してくれた。日下の体を抱えるようにして支えてくれる。

動くと体の節々が痛んだ。だが、それより珠洲との距離の方がやばい。

近すぎる。

さっき頭に触れた、むにっとした感触は胸ではなかろうか。

「本当に大丈夫？　無理しない方がいいんじゃない？」

赤塚の表情が、不穏さを増している。

「うん、大丈夫だから。独りで、起らきれるから。珠洲ちゃんはもうちょっと離れた方がいいんじゃないかな。皆見ているし、誤解、されたら、その」

「……そんなこと、気にしなくていいから」

あれ、と思った。

珠洲の声は、いつもの明朗さを欠いていた。喉元に何かが引っかかっているかのようにためらいがちで、甘い響きを含んでいる。

気のせいかな、と赤塚を見ると、赤塚も凍りついていた。

まさかな、と思う。

ありえない、とも思う。

いずれにせよ、早く立ち上がって散会したい。驚愕を表現していた赤塚の表情が次第に険しさを増している。

「珠洲ちゃん、日下が好きなの？」

いきなりの直球に日下は焦った。そんなこと、不躾《ぶしつけ》に聞くものではない。

当の珠洲は落ち着き払っていたが、ちらっと日下の顔を見ると俯いてしまった。まるで肯定するかのような仕草に、日下は慌てた。

「あの、珠洲ちゃん？」

「えへへ、秘密だったのになぁ」

秘密って、何が。

「珠洲ちゃん？」

「今の、なしね！　赤塚さんも、忘れてね！」

だから、何。

混乱する日下の頭の周りをひよこが飛び回っている。

赤塚が素《す》っ頓狂《とんきょう》な声を上げた。

「何でだ⁉　こいつのどこがいいわけ⁉」

目が据わってる。殺気を向けられ日下はずりずりと後退った。珠洲がその体に腕を回す。

離れて集団を作っていた女の子たちがきゃあと嬌声《きょうせい》を上げた。頑張れと叫んでいる子もいる。日下には何がどうなっているのかさっぱりわからない。

珠洲が毅然《きぜん》と顔を上げた。挑発的に赤塚に言う。

「日下君、頑張り屋さんだから」

「何だそれは！」

「私、知ってたの。一昨年まで、日下君がお父さんの看病で大変な思いしていたこと」

「え」

思いもよらぬ展開に、日下は動揺した。

「だけど皆、日下君の悪口ばかり言っていた。嫌がらせしてた人もいる。だけど、日下君、何も言わずにずっと独りで頑張っていた。だから、好きになったの」

呆然とした。珠洲がそんなふうに自分を見ていたなんて、ちっとも知らなかった。

改めて珠洲を見る。綺麗な若い女の子。元気で皆に好かれていて、すごくいい娘《こ》だ。ここで彼女の気持ちを受け止められれば、絵に描いたようなハッピーエンドが日下にも待っているのだろう。

だが、日下には彼女を好きになることができない。

「ごめんね」

できるのは皆が見ている前で残酷な言葉を吐くことだけ。

嘘、と誰かの声がした。ひどーい、と責める声も。そして路地はしんと静まり返った。

珠洲は笑っていた。神経質に髪をいじくる指先だけが、珠洲の内心の動揺を示している。

「えへへ、うん。断られるってわかってた。だから言わないって決めていたんだけどなぁ。私って、駄目だね」

「本当に、ごめん。気持ちはすごく嬉しかったんだけど」

「気にしないで。私、日下君が誰を好きなのかも知ってるし？」

「え」

すうっと血の気が引いた気がした。

「気づかないわけないでしょ。私、ずっと見てたんだから。だから、ちゃんとわかってるよ。望みなんて、欠片もないってこと。ところで本当に大丈夫？　家まで送っていこうか？」

朗らかに珠洲は立ち上がった。軽く膝を叩いてストッキングについた砂を落とす。

「いや、もう、平気だから。……飲み会、なんだろ？　ごめんな、邪魔して」

そうして日下も立ち上がった。殴られた場所が痛みを訴えるが、無理に笑顔を作ってみせる。

じゃあね、と珠洲は踵を返した。皆の先頭に立ち、繁華街に向かって歩いていく。その姿が見えなくなるまで、日下は見送った。

強い、女。

その手を取れない自分が、残念だ。

感傷に浸っていると、ぺしっと頭を叩《はた》かれた。振り向くと、赤塚が苦虫を噛み潰《つぶ》したような顔で日下を睨んでいる。

「何で珠洲ちゃんをおまえなんかが振るんだよ」

「つきあった方がよかった？」

軽く茶々を入れると激昂《げっこう》した。

「そんなわけないだろうっ！　ああ、くそっ。おまえなんか助けるんじゃなかった。ギタギタにされるのを見ていればよかったっ」

日下はにっこり微笑んだ。

「あ、まだ礼を言ってなかったよね。助けてくれてありがとう、赤塚」

「礼なんかいらねーよっ！　こんちくしょーっ！」

頭を掻きむしると、赤塚は路地の出口に向かった。口の中の血を吐き出し、日下もその後に続く。まだ少しふらつくが、なんとか自力で家まで帰れそうだ。

「あのよ」

赤塚が不意に聞いた。

「親父さん、何の病気だったんだ？」

「癌《がん》だよ」

「ふうん」

一緒に駅へと向かう。道中、二人とも黙りこくっていたが、駅が見えてきた頃、赤塚がぽつりと言った。

「うちのじいちゃんも癌だったな。結構大変だった」

赤塚と別れ、電車に乗る。アパートに帰り着くと、また部屋の電気がついているのが見えた。満木か、野津か。考えながら日下は鍵のかかっていないドアを開ける。

「ようお帰り。メシは――って、おまえ一体どうしたんだ」

満木だった。

受け狙いだろうか、髪を短い三つ編みにしている。ぱりっとした白いシャツと小汚いジーンズの上には花柄のエプロン。お玉を握り料理の真っ最中だったが、無残な日下の顔を見ると顔色を変えた。

駆け寄り、顎を摑んで切れた口元を見る。

「痛い。触るな」

文句を言っても頓着《とんちゃく》しない。口を開けさせ、歯の具合まで確かめる。

「ああそりゃ痛いだろうともよ。ったくへなちょこのくせして喧嘩か？　やられたのはここだけか？」

「うるさいな」

日下は鬱陶しそうに満木の手を払った。上着を脱ぎながら寝室へ向かう。その後を、満木がちょこまかついてくる。

「誰にやられた。教えろよ、おい！」

「熾北」

「熾北!?　あいつまだウロチョロしてやがったのか。でも、何で今更」

「わかんないけど。俺が思うに、俺と野津さんがキスしているところを見たんじゃないかな」

電車に揺られながら日下はシャッター音のことを思い出していた。多分、熾北はあの中年男に野津を尾《つ》けさせていたのだ。以前アパートの窓を開けたら、大家さんの私道に入り込んでいたあの中年男と目が合った事があるのを、日下は思い出していた。すぐ行ってしまったから通行人だと思っていたが、そう考えれば辻褄《つじつま》があう。

「夜の公園だっけか？　でも、もう随分前じゃないか」

「いや、その時じゃなくて、昨日。ところで今日はもう帰ってくれないかな。寝たいんだ」

味噌汁の匂いが吐き気を催させた。満木には悪いが、食事はできそうにない。

脱いだワイシャツをばさりと床に落とし、ベルトの留め金を外す。アンダーシャツの裾を引っ張りながら、ベッドの上にきちんと畳まれて置いてあったパジャマを取ろうとすると、両肩を摑まれ反転させられた。

険しい顔つきに、どきりとする。

「何?」

「昨日、だと?」

硬い声で問われ、ようやく日下は己の失言に気づいた。

「何で昨日、野津とキスしてんだ? ああ?」

肩を摑む手に力がこもる。肉に指先がめり込んで痛い。

不意に怒りが込み上げてきた。疲れて体も痛いのに、この男の暑苦しい独占欲につきあわされるなんて、御免《ごめん》だ。

「あんたには関係ない」

「ねーわけねーだろ、この野郎っ! おまえは俺とつきあってんだろーが!」

定期的にセックスすることをつきあっていると言うのならば、確かにつきあっている。だが、気持ちが通じ合っているとは言い難い。

日下は疲れた笑みを浮かべ目をそらした。

「どうだろう」

「……………っ!」

振り上げられる掌を、日下は見ていた。

ひっぱたかれるのだなと、他人事《ひとごと》のように思った。乱暴な男ではあったが、暴力を振るわれるのは初めてだ。さっきと同じく体は動かなかった。打たれるのを、ぼんやりと待つ。

だが、掌はいつまでたっても振り下ろされなかった。

満木は歯を食いしばって日下を睨みつけていたが、やがて手を下ろすと、日下をベッドに突き倒した。

「おまえは、つきあってもいない人間とこんなことすんのか？　ああ？」

アンダーシャツの裾を摑まれる。

犯す気だと気づき、日下はその手を払いのけた。揉《も》み合った拍子に満木の手が腹部を押す。

「うっ」

殴られて痣《あざ》になった場所だ。痛みに体を丸めると、満木の動きが止まった。

「何だこれは！」

強引にシャツを引き上げられ、変色した腹を見られる。

「こんなになっているのに、何で言わねーんだよ！」

日下は痕《あと》を隠そうとアンダーシャツを引き下ろした。

「何でおまえにいちいち報告しなきゃならないんだよ。頼むからもう帰ってくれ。休みたいんだ」

満木は、ベッドの上に膝立ちになったまま日下を見下ろしている。日下は満木から顔を背けた。

何もかも、面倒だった。早く満木を追い出して、体を休めたい。

「まるで、懐かない猫だな。てめえはどんなに可愛がってやってもこっちを見ようとしねえ。セックスの時だって……俺を見てねえだろう、おまえは」

満木は力いっぱいシーツを握り締めている。力を込めるあまり、ぶるぶると震えてさえいる手を、日下は冷めた気持ちで眺めた。

どうしてこの男はこんなに怒っているんだろう。ここもあそこも痛くてつらいのだと訴えたところで、何も変わらない。泣き言を聞かせられる方だって、煩《わずら》わしいばかりだろうに。

「……俺に、どうして欲しいんだ」

小さな声で聞いてみると、満木は日下の首筋に顔を埋めた。

「とりあえず、俺を好きって、言えよ」

好き。

たかが、二音節の言葉。

だが、日下には言えない。それは崩壊の呪文《じゅもん》に等しい。

「できない」

「何でだよ。おまえ、俺を好きだろ?」

「好きじゃない」

「馬鹿じゃねえのか。俺様にメロメロなくせに。おまえはわかりやすいんだよ。嘘だと思うなら、野津に聞いてみろ」

「好きじゃない！」

好きになるわけがない。

日下はもがく。満木の体をどかそうとする。だが、重い体は動かない。

「どうしてそうやって逃げようとすんだ」

「あんたこそ、何でそうやって俺に構う！　俺なんか、放っておけばいいじゃないか」

本当に、放っておいて欲しい。心からそう願う。満木が現れるまで孤独ではあったが、つらいと思うこともなかった。他人に期待しなければ、裏切られて傷つくこともない。

日下はずっと死んだように平穏に生きてきたのだ。

だが、満木が現れてからは、感情は掻き乱されてぐちゃぐちゃ、死ぬほど淋しい目にも遭わされて。

「好きだからに決まってんだろ。何回こんなこっぱずかしいこと言わせる気だ」

日下は両手で耳を塞いだ。聞きたくなかった。好きだと言われて舞い上がってしまいそうになる自分がいやだ。

「嘘つき。ヤりたいだけのくせに」

「惚《ほ》れたら抱きたいって思うのは当たり前だろ。何言ってんだ、このお子様は。これでもおまえを壊さねえようセーブしてんだぜ。本当はもっとしたいのに」

日下は真っ赤になった。

何てことを言うのだろうこの男は。

突然上に乗った体が強く意識され、心臓が足を速める。

——でも、喜ぶな。

「おまえだって俺に欲情してんだろ？　時々物欲しそうな顔してんのに、気づかねえとでも思ってたか？　おまえだって俺で抜いたことくらいあんだろ？」

んん？　とやらしい目つきで笑うと、満木はじょりじょりの顎を日下の頬に擦りつけた。

ずくんと下半身に何かが走る。

日下は必死に冷静であろうとした。

「あんたなんか、信用できない。俺をずっと騙していたくせに」

「あー、やっぱりそこ引き摺《ず》ってたか。仕方ねえだろ。言えなかったんだよ。おまえに嫌われるんじゃないかと思うと怖くて。この男心をわかれってーの」

指が、髪を梳《す》く。優しい手つきが、流されそうになってしまうくらい心地いい。

「駄目だ。やめてくれ。もう、嫌なんだ。あんたはあの男を思い出させる。あの男のせいで父は」

——父は、壊れた。

「日下！」

それまでとはまるで違う語調で遮られ、日下は思わず身を竦《すく》めた。満木の顔から、ふざけた色が消えている。

「ガキの頃、余計なことをした俺が憎いっていうんならともかく、親父に似ているなんてくだらない理由で振られるのはごめんだぜ」

「あ……」

「それにもう、いいんじゃねえのか？　おまえの親父さんは死んだんだ」

日下は目を見開いた。まじまじと満木を見つめる。満木は表情を緩め、生え際に指を遊ばせた。

「ずっと父一人子一人でやってきたんだ、おまえにとって親父さんが特別な存在だったのはわかる。その親父さんからお袋を奪った俺たちに思うところがあるのも仕方がない。だが、今更死人に義理立てしたって何にもなりゃしねえ」

でも、忘れられないのだ。父といる時のあの息詰まるような空気が、ねっとりと四肢に絡みつくような視線が。

「いない人より、生きているおまえの幸せを大事にしねえと」

「でも、」

「本当に俺の顔、見るのもいやか？　そんなことねえんだろ？　なら、俺に挽回《ばんかい》のチャンスをくれよ。ガキの頃に母親を奪われて他人に頼ることもできなくなっちまったおまえに、今までの埋め合わせをさせてくれ。俺はてめえに惚れてるから優しくしてやりたいんだ。……

頼むよ」

この男は強引で、口説くのが巧い。どうしたって流されそうになってしまう。気遣う言葉はまるで甘い蜜のよう。長年かけて築き上げてきた心の要塞が今にも崩落してしまいそうだ。

「もういいだろ。好きって言え」

何のてらいもなくそう言えたら、どんなにいいだろう。

すでに日下は満木を好きになってしまっていた。

逞しい体も、獣じみた精悍な顔立ちも、荒っぽいセックスも、好き。

この男に、優しくされたい。愛されたい。今でもどこかで父に脅えているこの心を癒して欲しい。——いい加減なこの男に心を明け渡すのはとてつもなく怖いけれど。

「好、き……」

自信なさげな小さな声で告げると、日下はおずおずと目を伏せた。不器用な——だが、日下には精一杯の媚態《びたい》に、満木は頭へのくちづけで応えてくれる。

「あー、くっそ、すげえ抱きてえ。……けど、怪我《けが》してんだよな、おまえ」

「いい。構わない」

殴られた痛みはかなり落ち着いてきていた。押したり、無茶な体位を取らされたりしなければ大丈夫そうだ。

満木が上半身を起こす。にやついているかと思いきや、満木の顔に浮かんでいた表情は真摯《しんし》だった。

「いいのかよ、そんなこと言って。途中でやめられねえぞ」

「したいんだ」

一瞬満木が凶悪な顔をした。

「……くそっ、たまんねえ」

喉に何かが引っかかっているような嗄《しわが》れ声に、日下はふるりと体を震わせる。魅力的なこの男に日下は釣り合わない。好きだというのは言葉だけで、本当に好いているわけではないのではないかとついつい疑ってしまう。何でもネガティブに考えてしまうのは日下の悪いくせだ。でも、珠洲のおかげで、どうやら自分を好いてくれる人間もいないわけではないらしいと思えるようになった。

満木も、もしかしたら口先だけでなく本当に自分を好きになってくれるかもしれない。

「ん……ふ……」

荒っぽくくちづけられ、日下は侵入してくる舌を口を開いて受け入れた。ぬるりとした感触に欲が煽《あお》られる。

自分から舌を絡めると、満木は驚いたようだった。無理もない。これまで日下がこんなふうに、自分から積極的に満木を求めようとしたことなどない。

でも、もう、いい。

本能のままに求めあう。夢中になって粘膜を擦り合わせると、唇の隙間から溢れた唾液が顎から喉へと伝った。貪られるだけの時とはまた違う快感に、日下は陶然《とうぜん》とする。

どうしよう、これ、すごく気持ちいい。

キスしながら太腿で股間をぐいぐい刺激され、日下は膝を立てた。ソコを擦り上げられたらもう、じっとなんかしてられない。快感を追い、腰が勝手に動いてしまう。

腰を浮かせて自分から硬くなりつつあるモノを擦りつけてくる日下に、満木は嬉しそうに笑った。

「やらしーな、おい」

満木が嬉しそうな顔をすると、日下の心も浮き立つ。感じてもいいんだって、安心できる。

アンダーシャツが胸の上までたくし上げられ、日下は息を詰めた。痛々しい痣の上をそっと撫でると、満木はいつもとはまるで違う思いやりに満ちた手つきで日下のシャツとスラックスを取り去る。完璧な肉体を持つ満木に裸体を晒すのは今でも気恥ずかしく、日下は思わず身を縮めた。

いつまでも初々《ういうい》しい日下の仕草にほくそえんだ満木が体を起こし、素肌の上に直接着ていた白いシャツを脱ぎ捨てる。

ジーンズの前を開くと、トランクスの中から元気なモノがふるんと飛び出してきた。見た目がグロテスクなせいだろうか、コミカルな動きが日下の笑いのツボを突く。

「……ふっ、気が早すぎ」

「うるせー。大口開けて笑っていると、コレ突っ込むぞ。おら」

誇示するように腰を突きだしながら脱いだ服を投げ捨てた満木のもとへと日下は擦り寄った。顎を引き、胡座《あぐら》を掻いた満木の股間を見下ろす。

やっぱり、大きい。

背中を丸め、反り返ったそれに顔を寄せると、満木が上擦った声を上げた。

「おっ、おい……っ！」

マグロに徹していた日下の初めてのご奉仕だ。

猫のように舌を伸ばして幹を舐め上げてみると、ソレはびくんと揺れた。

上目遣いに反応を窺いつつ、根元から舐めてゆく。硬く張った幹の感触を楽しみつつ根元の袋を揉んでみると、ソレはますます充血して腹につかんばかりに反り返った。

これがもうすぐ自分の中に入ってくるのだと思うと、腹の奥が疼く。

欲しい。

体が高ぶってゆく。もう触れられていないのに前がますます硬くなり、蜜に潤む。

くびれを舌先でなぞった日下は最後に滲《にじ》んだ先走りを吸ってみて顔をしかめた。

「まず……」

唾液で濡れた日下の唇を、満木が拭《ぬぐ》う。

「こういう時は『ああん、美味しい。もっとちょうだい』ってゆーんだよ」

しなを作って熱演してみせた満木に、日下は笑った。

「AVの見すぎじゃないか」

「笑っていられるのは今のうちだぜ。これからAVみたいな台詞吐かせてやる」

日下は性格同様に体つきも頼りない。その気になった満木に亀の子のようにひっくり返されてしまう。

日下にのしかかると満木は荒々しく唇を貪った。傍若無人《ぼうじゃくぶじん》なようでいて日下を感じさせるのに長《た》けた舌にあちこち舐め回され、日下は眉根を寄せ、あえいだ。

「んうっ、ふっ、んっ」

舌の上で転がされるキャンディみたいに頭の芯が蕩《とろ》けてゆく。

「ん――――」

おまけに反応しかかっていた中心部を摑み取られ、体がびくりと揺れた。

口は満木の唇で塞がれたまま。満足に声も出せない。捕食者に捕らえられた小動物のように震える日下のペニスの表面を、満木の指が楽しそうに滑る。

「くく」

満木が顔を上げると、唾液が糸を引き、濡れた唇が外気にあたって冷えた。

「み、満木……」

「何だ？」

にんまりと唇をゆがめた満木がベッドヘッドに置きっぱなしになっていたボトルのキャップを外し傾ける。亀頭に垂らされたローションの冷たさに、日下は身を縮めた。

「あ……っ」

膝を立てた拍子にペニスがひくんと揺れる。萎《な》えるどころか角度を増したソレに、満木の笑みが深くなった。

ローションがとろとろと幹を伝い落ちてゆく。

大きな掌が急所を握り込んだのを、日下は怖いような気分で眺めた。くちゅりという水音と共に、満木が手を動かし始める。

「あっ、あっ、痛……っ」

少し痛いぐらい乱暴にしごかれ涙が滲む。でも、その痛さがまたよかった。傷つけない程度の絶妙な痛覚は日下の性感を高め、鋭敏にする。

多分、これはわざとだ。

溢れた蜜が満木の手を濡らし、淫猥《いんわい》な音を立てる。もっと気持ちよくなりたくて、手の動きにあわせて腰をくねらせると、満木がいやらしく相好《そうごう》を崩した。

「えっちーな、おい」

「あっ」

きゅきゅっと敏感な部分を擦られ、呼吸が乱れる。

「動くなよ」

最も敏感な先端部に満木が爪を立てた。

ゆっくりと、慎重に。

じわじわ加えられる痛みに日下は体を強張らせてシーツを握り締める。

それは、快感だった。

きゅうんと何かがソコに集中する。

「い、た……」

「違うだろ。ほら言ってみろ。イイって」

日下は浅い呼吸を繰り返す。どうしよう。本当に、すごく、

「い、い……」

「んん？」

「イイ、よ……っ！」

ぎゅん、と何かが凝縮する。

弾けそうになった瞬間、満木が手を離した。食い込んだ爪が離れても、そこは熱を持ち、じんじん疼いている。

満木が足首を掴み、無造作に日下の足を広げた。

「あ……」

再びローションのボトルが傾けられる。後ろの穴まで冷たい液体に濡れてしまい、日下は蕾《つぼみ》をひくつかせた。

「おーおー、腹が減ったか？　ここで俺のを喰らいたいのか？　んん？」

濡れた指先で入り口をぬるぬるとなぞられたら、中まできゅんきゅんしてしまう。

「満木……っ！」

早く、欲しい。

これからもたらされる刺激への期待に負け、細い声でねだると、満木が尻を掴んだ。

「慌てんな。これから天国につれてってやる……」

肉を割られ、入り口を広げられる。てらてらと濡れる蕾の中まで見られる羞恥に身を固くしていると、ぬく、と満木の指が入ってきた。

つけ根までゆっくりと押し込まれ、鼻にかかった声が漏れる。

いい。

でも、まだ、足りない。

指が中で蠢き始める。満木にすっかり慣らされたそこは、些細《ささい》な動きにも声を漏らしてしまうほど感じやすくなってしまっていた。あ、あ、と絶え間なくあえぐせいで息が上がる。

早く犯して欲しくて頭がおかしくなってしまいそう。だが、満木は決して急がない。丹念な慣らしに日下は途中で耐えられなくなってしまった。

「ん、う――」

びくびくと自分の中が痙攣するのが、満木の指のせいでリアルに感じられた。

体の奥底から熱情が込み上げてくる。

精液が飛び、腹を汚す。日下は指先まで広がった甘い痺れに酔い、あえいだ。力なく投げ出された日下の腿の内側に、満木がキスする。

「ったく、煽んな。んな締めつけられちゃ、こっちもたまらねえっつーの」

放出の余韻に浸っていた日下は、抜き取られる指の感触に再び身を震わせた。

「あ、ん……」

とろんとした目を向けると、満木がゴムのパッケージを口にくわえ、己をしごいている。

ふと、目が合った。

欲望に目をぎらつかせ、ますますケダモノめいた顔つきになった満木に心臓を鷲掴みにされ、日下はうろたえる。

この男が欲しい。あの凶悪なペニスに貫いて欲しいと、腹の中が疼く。

「満木ぃ……」

満木は歯も使ってパッケージを破ると、猛々《たけだけ》しく反り返った己にゴムを被《かぶ》せた。これからヤられるんだと思うと、否応もなく胸が高鳴る。

力の入らない体がさらに深く折り曲げられ、満木がのしかかって来た。

蕾にひたりと何かがあてられる。満木がぺろりと唇を舐めた。その肉の色を見た瞬間、日下の頭にかあっと血が上った。

「早く、犯してくれ……」

ぴくりと満木の眉が動いた。怒ったような顔で睨みつけられ、日下は思わず身を竦める。

「おまえなー、マジでどうなっても知らねえぞ」

「いい。早く、来い。早く、欲しい」

満木は俯いた。がしがしと髪を掻き回す。

「馬鹿たれが」

鋼のような手が、日下の腰を掴んだ。

一気に奥まで貫かれる。

「ああ……っ」

またとろりと白いものが漏れた。強烈な衝撃に失神しそうになりつつも、日下はうっとりと下腹を撫でた。

満木がここにいる。日下の中で熱く充血し、脈打っている。

大事そうな手つきを見た満木が歯を剝き出して吠えた。

「だからそーゆーの、やめろっつってんだろ」

がつんと乱暴に突き上げられ、日下は四肢を震わせた。

――――いい。

爪先《つまさき》まで電流が走ったようだった。満木とのセックスはいつも気持ちよかったが、こんなにいいと思ったのは初めてだ。

「くそ……っ。エロい顔しやがって」

何度も何度も満木の雄を叩き込まれ、日下は頭を打ち振るう。あんまり悦《よ》すぎて、どうしたらいいのかわからない。

「あ……っ、いい、満木。奥、いい……！」

「ここか？　おら、こうか？」

うりうりと奥をくじられ、日下は惑乱する。

「あっあっ、だめだ、死ぬ……っ、満木……っ」

満木は逃れようと身をよじった日下の両手を捉え、シーツに縫いつけた。

「死にそうなほど気持ちイイってか？　そりゃあ、男冥利《おとこみょうり》に尽きるなアっと！」

「……っ！」

日下は満木の手を握り返した。

指と指が絡み合う。

唇が震え、白が散った。

気が遠くなるほどの悦楽。また自分だけ達してしまった恥ずかしさに日下は涙目になる。

「あ……」

「よしよし、いいぞ、日下」

満木はご満悦だ。

「よくないだろ、俺ばっかり……」

目を潤ませ睨みつけると、中に埋まっている満木がずくりと脈打った。

「怒んな。気持ちよかったろ？」

「……そりゃ、まあ……」

「なら大人《おとな》しくよがってろ」

偉そうに命令して日下の首筋にくちづける満木の目は、愛おしげに細められている。胸の内に広がった甘酸っぱいような気分を、日下はそっと噛み締めた。

達してしまった日下のためにペースを落としてくれているが、満木はまだ一度も出していない。漲《みなぎ》ったまま、日下の中でよしと言われるのを待っている。

ちろりと男の顔を盗み見ただけできゅんと後ろが疼いてしまい、日下は瞼を紅潮させた。

「何だあ？　おねだりか？」

いやらしい手つきで腰を撫でられ、日下は顔を逸らす。

「ち、ちが……っ、なんで……」

「違くねーだろ。ほらまた俺を締めつけてんじゃねーか」

「う、あ……っ！」

片足を担ぎ上げられ、日下は呻《うめ》いた。中に埋まったままのモノの角度が変わり、別の刺激が走る。

「待ってろ。まだまだいっぱいしてやるからな」

日下はぎゅっと目を瞑《つむ》った。

柔らかく湿った肉筒の中で、太いモノが動いている。熱くて猛々しくて凶暴で、でも、日下をとてつもなく気持ちよくしてくれるモノが。

ぬるぬるとソレが出入りするたびに生まれる快感に、日下は身悶えた。

はあはあという荒い呼吸音がやけに耳につく。重ねられた掌が汗で滑りそう。

目を瞑っているせいでより鋭敏に感覚を拾ってしまっているのだと気づいた日下が目を開けると、すぐ目の前に、満木の顔があった。

怒ったような顔をしているが、熱っぽい眼差《まなざ》しが快感を追っているのだと教えてくれる。

眉間に寄せられた皺に男くさい色気を覚え、日下は急にそれまでとは違う意味でドキドキしてきてしまった。何だかすごく気恥ずかしい。

淫猥な腰の動きに強く意識してしまう。今、自分はこの男に抱かれているのだと。

「満木……」

思わず名前を呼ぶと、熱に浮かされたようだった満木の目に少しだけ理性の色が戻った。何だと低い声で問われ、日下は口を開けて舌を覗かせることでキスしたいと示す。

満木が更に前傾した。日下の体を折り畳むようにして、喰らいついてくる。下半身が密着し、ぐうっと更に奥を切《き》っ先《さき》で押され……走り抜けた激烈な喜悦に、日下は舌先を震わせた。

嘘だろ。さっき達したばかりなのに。

またイく。達してしまう。

意識が白く灼《や》ける。五感のすべてが性感に塗り潰され、ぶるぶるっと体が震えた。収縮した肉筒に締めつけられ、満木も獣じみた唸り声を上げる。きつく抱き締められ、日下は本当に壊れそうだと思った。

＋　＋　＋

天国ってこういうものなのかと日下は思う。

満木が日下を抱え込むように眠っている。新しいシーツが肌に気持ちいい。外はようやく明るくなり始めた頃、あと二時間は寝ていられる。日下は静かに寝返りを打ち、満木の胸元に顔を寄せた。

満木の匂い。

好きだと改めて思う。

諸々《もろもろ》のこだわりを捨ててしまえば、こんなにも穏やかな気持ちになれるものなのかと、日下は驚いていた。パズルの最後のピースをぱちりとはめこんだみたいに、自分があるべき場所にぴったりおさまっているという気がする。

不思議な充足感。

正直に言えば、まだ少し怖かった。満木がいつまで今と同じ気持ちでいてくれるかわからないからだ。日下は愛された経験がないに等しい。お日様の光のように包み込むようなあたたかな愛情が存在することを、お話の中でしか知らない。

でも、夢物語でしかなかったそれが、最近すぐそこにあるように感じられるのだ。嘘でも幻でもなく、確かに存在するのではないかとそう、思えるようになった。

それは、多分、満木のおかげ。

頑《かたく》なな日下に我慢強く好きだと言い続けてくれた。それは少しずつ、でも着実に日下の中に滲《し》みていって、芽吹かせた。硬い殻の外に頭を覗かせている自分を、日下は確かに感じている。

だから、そろそろ。
信じてやってもいいかな、と思う。
この強引な男に手を牽《ひ》かれて歩いていくのは、きっと悪くない。

蜂蜜

何でこんなものを買ってしまったんだろう。

日下《くさか》はスーパーで買ってきたものを広げ、ふうと溜息《ためいき》をついた。

コーヒーに入れる牛乳だけ買う予定だった。でも、スーパーに入ってふと見たら山と積まれていたのだ。ホットケーキミックスが。

パッケージに印刷された写真は、幼い頃母が作ってくれたホットケーキそっくりだった。急に甘いものが食べたくなってしまい、日下は気がつけばパッケージを手にしていた。とろりと蕩《とろ》けたバターと蜂蜜《はちみつ》がおいしそうだ。材料は卵と牛乳だけでいい。特売品でとても安くなっているらしい。日下がもたもたと説明を読んでいる間にも、ホットケーキミックスは次々に買われてゆく。

かくして五百ミリリットルパックの牛乳一つだけが入っていればよかったはずのビニール袋は、ホットケーキミックスと蜂蜜の大瓶《おおびん》、それからバターでずっしりと重くなってしまった。

料理は苦手なのに。

店で食べた方が何倍もおいしいに決まっていたが、わざわざ出かけていってお洒落《しゃれ》な女性だらけの店内でホットケーキ——いや、あれはパンケーキか？　ホットケーキと何が違うんだ？——を食べる方がハードルが高い。

面倒くさいなあと思いつつも買ってきてしまった以上、作らないことにはもったいない。

妙な義務感に背中を押され、日下は調理台の前に立つ。満木《みつき》が常備している卵をくすね、材料を分量通りに計って混ぜ、フライパンを火にかけて。

いい匂いが漂いだした頃、扉が乱暴にノックされ、応答するより早く開けられた。

「おう、日下。会いに来てやったぜ――って、何だこのうまそうな匂いは！」

手元を覗《のぞ》き込まれ、日下は体を硬くした。

満木は料理がうまい。レシピ通りにやっているつもりではあるのだが、不手際を見つけられケチをつけられるのではなかろうか。そう思ったのだが、満木は粉だらけになった調理台を見ても、ひっくり返すのに失敗して割れ目が入ってしまった生地を見ても、笑ったりしなかった。

「俺は二枚でいいぜ、日下」

「いきなり来て、何言ってる」

「いいじゃねえか。一人で四枚も食いきれねえだろ？」

満木の言う通り、小袋一つでホットケーキは四枚焼ける。満木の家は子供が多い。おやつにこのホットケーキミックスを使ったことがあるのだろう。

――出来を比べられたらいやだ……。

頭の片隅でそう思ったけれど、確かに四枚も食べられない。

何が面白いのか満木はキッチンに陣取り、ホットケーキを焼く日下を眺めている。

「見てないで、洗いものくらい手伝えよ」

「んー？」

満木はぶっきらぼうな命令に素直に従いシンクの前に立った。汚れた調理器具を洗ってくれる。素直すぎて気持ちが悪い。

……一言でも口答えしたなら、癇癪《かんしゃく》を起こしてフライパンを投げ出せたのに。

やめるきっかけもなくすべてのホットケーキを焼き上げると、日下は揃《そろ》いの皿に二枚ずつ載せテーブルに運んだ。銀紙に包まれたバターを大きくカットし、てっぺんに載せる。蜂蜜の大瓶の蓋《ふた》がなかなか開かなくて四苦八苦していると、満木が代わりに開けてくれた。

大きなスプーンでホットケーキの上に垂らす。

いただきますと両手を合わせるやいなや満木が大きな塊を頰張《ほおば》った。

「うめえ！」

……え？

日下もナイフで小さく切り、口に運ぶ。絶対うまくできてるわけないと思っていたホットケーキは甘くてふわふわしていて……母が作ってくれたのと同じ味がした。

——いっぱい食べてね。

花柄のエプロンをつけた母の嬉《うれ》しそうな声が脳裏に蘇《よみがえ》る。

——こんなもの、食べられるか。

日下が作った料理の皿を心底まずそうに押しやる父の声も。

「カロリーがどうとか言うけど、やっぱりホットケーキはバターと蜂蜜たんまりかけねえと物足りねえよな。あー、むっちゃうまい。すげえ幸せ」

何だか胸が詰まってしまい、日下は俯《うつむ》いた。どうしてだろう、目の奥が熱い。かちゃかちゃとカトラリーと皿がぶつかりあう音がする。満木がナイフでホットケーキを切り、がつがつと食べているのだ。うまい、もっと食いたいという心の声が聞こえるような気がした。

ああ、どうしよう。

好きだ。

唐突に襲いきた胸の高まりに、日下は狼狽《ろうばい》する。

「ん？　どうした、日下。食わねえのか？　いらねえんならもらうぞ」

「いらないなんて言ってない！」

とっさに皿を引き寄せると、伸びてきたフォークがテーブルの表面でかつんと軽い音を立てた。

無神経で嘘つきで野獣のような男。この男は時々、しれっと日下を滝壺《たきつぼ》から突き落とすような真似をする。そのたびに日下は渦に巻かれて溺《おぼ》れ、息もできなくなってしまう。あんまりにも嬉しくて。……しあわせで。

口惜しいからそんなことは絶対に言ってやったりしないけれど。

片腕で皿を囲い、日下は次の一片《ひとかけ》を口へと運ぶ。

蜂蜜をたっぷり吸い込んだホットケーキは喉が痺《しび》れるほど甘い。ほんの少し口の端についた蜂蜜を、満木が指先で拭《ぬぐ》ってくれた。

月のない夜

冷たい北風が吹いている。

とっぷり暮れた夜空の下、満木《みつき》は背中を丸め、スカジャンのポケットに両手を突っ込んで日下《くさか》の家へと向かっていた。陽が出ている時は暖かかったのに、暗くなった途端急激に気温が下がってきた。スカジャンの下にはTシャツしか着ていない。寒くてたまらず、満木は一刻も早く目的地に着こうと競歩に近い歩調で先を急ぐ。

腕にはネギや大根が詰まったビニール袋が下がっている。今夜の飯はきりたんぽ鍋の予定だ。鍋が好きな恋人の顔を思い浮かべ、満木は知らず顔をにやつかせた。

前作った時は喜んでくれた。比較的小食なのに、二人前近く平らげて、幸せそうににこにこしていた。

ひねくれ者の恋人はいつも仏頂面《ぶっちょうづら》で、笑顔を見せてくれるのは旨《うま》い飯を食わせてやった時くらいだ。特に美人というわけではないが、あの笑顔はいい。UFOキャッチャーに万札をつぎ込んだ末ようやくぬいぐるみを取れた時みたいに嬉《うれ》しくなる。その笑顔に騙《だま》されて、満木は今日もいそいそと地味な男の元に馳《は》せ参じる。自分でも信じられないくらい健気《けなげ》である。

種々の事情があるとはいえ、こんなに手間暇かけて男につくすのは初めてだ。その辺をあの男はちっともわかってくれない。あまりのつれなさに満木といえどもたまにセンチな気分に陥る。

すでに商店街を抜け、周囲は完全に住宅地になっていた。安っぽいアパートだのマッチ箱のような建て売り住宅だのが立ち並んでいる。日下の住むアパートはその中でも特に古びており、まっとうな塀もなく、トタンが申し訳程度に道路とアパートの敷地とを分けていた。一階の住人が廊下に鉢《はち》植えを幾《いく》つも並べているが、華やかになるどころか侘《わ》びしさを強調しているように満木には感じられる。

階段の上がり口に設置されているポストをチェックして、満木は軽く舌打ちした。郵便物が入ったままになっている。土曜日だというのに、日下はまだ帰宅していないのだろうか。

あまり遅くならないといいがと思いながら満木は階段を駆け上がった。ガンガンと虚《うつ》ろな音が反響し、階段全体が揺れる。

廊下に面したキッチンの窓が真っ暗なことに日下の不在を確信し、満木は鍵を取りだした。挿し込んで、回転させる。ガチャリという手応えに何とはなしに違和感を覚え、満木は首を傾《かし》げた。

ノブを摑《つか》んで引く。

開かない。

もう一度挿したままの鍵を捻《ひね》ると開いた。どうやらもともと開いていたらしい。不用心だ、注意してやらねばと思いつつ室内に入る。

足を踏み入れてすぐ、満木は人の気配に気づいた。

苦しげな、呼吸音。

日下の部屋は狭い。キッチンの明かりを点《つ》けると奥の寝室まで照らし出される。ベッドの上の布団が盛り上がっているのが見え、満木は足音を忍ばせて近づいた。途中で何かに躓《つまず》く。見ると、床に空のペットボトルが二本と、菓子パンの包装紙が投げ散らかしてあった。ペットボトルはキャップも閉めていない。空のコップも一つ転がっている。内部に白いものがこびりつき、牛乳特有の甘ったるい匂いがかすかにした。

満木は顔を顰《しか》めた。日下はそう綺麗《きれい》好きではないが、食物に関するゴミは絶対に散らかさない。部屋の屑籠《くずかご》にさえ入れず、キッチンに置かれた蓋《ふた》つきのゴミ箱に几帳面《きちょうめん》に捨てる。

覗《のぞ》き込むと、日下は布団に埋まるようにして眠っていた。横向きに体を丸めている。鼻が詰まっているのか、呼吸するたびに雑音が聞こえた。

頬《ほお》に触れてみると、酷く熱い。

風邪《かぜ》だろうか。

小声で名前を呼んでみるも、返事はない。

大学の友達で、肺炎で死んだ奴がいた。風邪だと思っていた家族がおかしいと気づいて病院に運んだ時には手遅れだったという。そんな話が急に思い出され、満木は心配になった。

このまま寝かせておいて大丈夫なのだろうか。

風邪くらいで滅多なことはあるまいと思いつつも、不安を掻《か》きたてられる。キッチンの明かりのみで照らされている寝室はやけに陰影が濃く、寒々しい。

どうしようかと悩みつつ、とりあえず満木は足元のゴミを拾い集めてキッチンのゴミ箱に突っ込み、冷蔵庫を開けた。

空だった。

バターやタバスコくらいしか残っていない。

氷もなかった。空の製氷皿がシンクに放置されている。氷を使ったあと、またセットするのすらつらかったのだろうか。

とりあえず水を注ぎ冷凍庫に収めると、満木はもう一度日下の様子を見た。ついでに枕に触ってみる。タオルが巻かれていたので気づかなかったが、氷枕のようだ。すでに氷は溶けきっていたが。

まずは氷とスポーツ飲料を買って来ねばと考えながら立ち上がると、いかれたスプリングがぎしりとうめいた。

「ん……おかあさん……？」

ぎくりとした。

本能で求めているのだろうか。いるはずのない母を呼ぶ日下に、満木は心臓を締めつけられるような思いを味わう。

硬直して見守っていると、睫毛《まつげ》が震え、熱っぽい瞳が現れた。

「満木……？」

声が酷く掠《かす》れている。

満木は慌てて笑顔を取り繕い、明るく言った。

「おう。生きているか？」

「死んでる」

ふーっと、日下が深く息を吐く。

もう起こす心配はない。今度は遠慮なく、日下の頬を触ってみる。

やはり、熱い。かなり熱が出ているようだ。

汗で指先がぬるりと滑る。パジャマも汗で湿っていた。

「あ、満木の手、冷たくて気持ちいい……」

「いつから調子悪いんだ」

「昨日の夕方から、かな……」

だるそうに日下は応えた。満木の相手をするため仰向《あおむ》けになったものの、目が虚《うつ》ろである。

キッチンから差し込む光がまぶしいのか、片手で目を覆っている。

声は酷いが、思ったよりしっかりした口調に満木はほっとした。気が弛《ゆる》んだ途端、焦燥が口をついて出る。

「おまえなぁ、何で俺に連絡よこさねーんだよ。冷蔵庫空じゃねーか。メシ喰わねえと治るもんも治らなくなるぞ」

「だって、迷惑だろ」

「あのな、俺はおまえが好きだっつってんだろ？　全然迷惑なんかじゃねえから、変な遠慮すんな。むしろこーゆー時くらい俺様の愛を利用しろってーの」

軽口を叩きながら、満木は昔のことを思い出していた。満木は丈夫な子供だった。特に高校に入ってからは滅多に風邪などひかなかったが、ひくと高熱を出した。そして体調が悪いと精神的にも不安定になるのか、必ず奇妙な悪夢にうなされた。苦しむ満木を夢から助けてくれたのは、いつだって、義母だった。

ひんやりとした掌《てのひら》が額《ひたい》を覆う感触を今でも覚えている。

普段は馬鹿ばかりやって家に寄りつかない自分のために、林檎《りんご》を剝《む》いてくれた。多分、今でも満木が風邪をひいたら、母はそうやって看病してくれるのだろう。

だが、日下にそんな人はいなかった。

風邪を引いたら熱が下がるまで一人で耐えるのが、日下には当たり前だったのだ。

「俺のことなんて、気にしなくていいのに」

ぼーっとした声で訴える日下に、満木は顔をしかめた。

「馬鹿たれがっ」

語気荒く吐き捨て立ち上がる。

「とりあえず、買い物行って来る。メシはお粥《かゆ》で文句ねえな？　帰ってきたら体拭いてやるから、それまでに体温計っておけ」

「俺……、臭い？」

日下が心許《こころもと》ない声で呟《つぶや》く。別ににおいはしなかったが、満木は大袈裟《おおげさ》に言った。

「おお、臭《にお》う臭う。汗くせーぞ」

キッチンの引き出しから見つけだした体温計を日下に渡すと、満木は財布だけを握ってコンビニに急いだ。

さっきよりもさらに冷え込んでいる。

ヒーターをつけてから出て来ればよかったと思いつつ、満木は手早く買い物を済ませた。

部屋に戻ると、日下の姿がない。

どきっとした満木はまずトイレの電気が点いているかどうか確認しようとして水音に気がついた。風呂場の電気が点いている。

引き戸を開けると、裸の日下がへたりこんでいた。シャワーを浴びようとして、気分が悪くなったようだ。握り締めたシャワーヘッドからは熱い湯が溢《あふ》れていたが室内はちっとも暖まっていない。

「馬鹿っ！　てめ、風邪ひきのくせに何やってんだよっ！」

満木は風呂場に駆け込むと、日下を抱き上げた。日下がシャワーヘッドを離さないせいで、スラックスがぐしょぬれになる。だが、そんなことには構わず満木は湯を止めると、バスタオルで日下の体を包《くる》んだ。

「汗――流そうと思って」

「俺が帰ってきたら拭いてやるって言っただろっ！　もしかしてアレか？　俺が何するかわかんねえとでも思ったのか？　いくら俺でも病人相手に悪戯《いたずら》なんてしねえぞ」

「違うよ――そんなことまでさせられないって、思って」

日下が儚《はかな》い微笑を浮かべる。

満木は逆に、暴力的なまでの衝動に襲われた。

もどかしい。

自分はいつも日下に対してやりたい放題のことをやっている。その方が、多少はうち解けてくれるかと思っての行動だ。その甲斐《かい》あってか、日下は遠慮せず満木に文句を言うし、足蹴《あしげ》にまでするようになった。なのになぜ、こいつはこんなにも他人行儀なんだ？　いつもの方が演技だったということか？

満木は乱暴に日下を風呂場から連れ出した。キッチンでごしごし体を拭いてやる。湯のあたった部分だけ濃い赤に染まっていたが、それ以外の場所も明らかに普段より上気していた。

「おまえなぁ、風邪を馬鹿にすんなよ。風邪は万病の元っつーだろ。こじらせたら死ぬことだってあるんだぞ！」

あいつみたいに。

満木は同級生の顔を思い浮かべる。

たった二十二だった。若くて。死ぬなんて誰も思わなかった。本人だって予想もしていなかったに違いない。

ぞくりと得体の知れない不安が込み上げてきて、満木は苦しげに日下を見る。日下は穏やかな表情のまま、目を伏せた。

「死んだら、俺の運命がそれまでだったってことだと思う」

……何と言っていいのか、わからなかった。

満木は熱っぽい体を力一杯抱き締めた。そうしないと、殴ってしまいそうだった。激情が満木の体内を駆け巡る。

日下はどんな葛藤《かっとう》も、満木に見せない。自分の中に飲み込んでしまう。

怒りも、哀《かな》しみも。

すべてに抵抗することを諦《あきら》めている。

静かな、諦観《ていかん》。

満木は知っている。日下が語らない今までにどんなことがあり、どんなにつらい目にあってきたか。自分に責任があることだけにつらい。愚痴《ぐち》ってくれればまだ気が休まるのに、何も言ってくれないからさらに追いつめられてしまう。

どうしたらいいんだろう。

わからなくて、満木はただ、馬鹿ったれとだけ呟いた。

人形のようなその体を隅々までぬぐい、パジャマを着せて布団に押し込む。だが、やはり冷えたのがいけなかったのか、夜半から日下の熱はさらに上昇した。

満木は一晩中そばについて看病していた。額にあてたタオルはすぐにぬるみ、替えても替えてもきりがない。

死んだらどうしようと満木は思った。

この男を失いたくない。

自分に甘え、何もかもさらけだしてくれるようになるまでは、手放すわけにはいかない。もっと、泣いたり怒ったり、笑ったりすることを教えてやりたい。

いつのまにか白々と夜が明けていた。早朝のぼんやりとした光の中で、満木はいつまでも日下の横顔を眺めていた。

こんにちは。ルチル文庫では初めまして！　成瀬かのです。

この度はこの本を手に取ってくださって、ありがとうございます。

お声掛けくださった編集様にも感謝を。それから挿絵を描いてくださった花小蒔朔衣先生、素敵にむさい満木と幸薄そうな日下をありがとうございました！


この「狡い男」はオリジナルBL小説を書き始めた、本当に最初の頃に書いたお話です。多分一作目か二作目くらい？　それから個人サイトに思い出したように続きを書き、同人誌に纏め……思い入れの強いお話ですので、今回、文庫にしていただいて、とても嬉しく思っています。

折々に手を加えていたので、今更改稿する必要ないだろうと思っていたのですが、読み返してみたら、意外に文章のリズムに違和感を感じて、特に前半はちょこちょこ手を加えました。基本的には昔のまま残す方向にしたので、今より書き込みが多い感じでしょうか……。

二か月連続刊行で上下二巻、両方とも書き下ろしSSをつけたり加筆したりしました。短編連作という商業では変則的な形ではありますが、楽しんでいただければ幸いです。

上巻ではランボルギーニがお話の重要アイテムになっていますが、実はずっと実物を見た事がありませんでした。でも、改稿を提出してゲラが来るのを待っている間に行った旅行先の駐車場で黄色のランボルギーニを目撃、すごいタイミングでの遭遇にちょっと運命を感じました。多分カウンタックではなかったけれど、やっぱりかっこいい～！

子供の頃はスポーツカーといえばカウンタックで、ミニカーとかも持っていました。いつか乗ってみたいです。

来月には下巻がでます。よろしければ、そちらもよろしくお願いいたします！

http://karen.saiin.net/~shocola/dd/dd.html 成瀬かの

✦初出　狡い男……………………WEB発表作品（2001年10月）
釣った魚にやる餌は……WEB発表作品（2001年11月）
つぐない…………………WEB発表作品（2003年）
蜂蜜………………………書き下ろし
月のない夜………………WEB発表作品（2003年）
※単行本収録にあたり加筆・修正しました。

成瀬かの先生、花小蒔朔衣先生へのお便り、本作品に関するご意見、ご感想などは
〒151-0051 東京都渋谷区千駄ヶ谷 4-9-7
幻冬舎コミックス　ルチル文庫「狡い男　上」係まで。

幻冬舎ルチル文庫

狡い男　上

2016年8月20日　　第1刷発行

✦著者　成瀬かの　なるせ かの

✦発行人　石原正康

✦発行元　株式会社 幻冬舎コミックス
〒151-0051 東京都渋谷区千駄ヶ谷 4-9-7
電話 03(5411)6431［編集］

✦発売元　株式会社 幻冬舎
〒151-0051 東京都渋谷区千駄ヶ谷 4-9-7
電話 03(5411)6222［営業］
振替 00120-8-767643

✦印刷・製本所　中央精版印刷株式会社

✦検印廃止

ISBN978-4-344-83784-3　C0193　Printed in Japan

幻冬舎コミックスホームページ　http://www.gentosha-comics.net

「幻冬舎ルチル文庫」

大好評発売中

［黄金のひとふれ］

中庭みかな

イラスト▼テクノサマタ

傷ついた指先を真っ新なハンカチで包んでくれたその人は、呆れるような千晶の言い間違いに怒ったりせず、ただ深く静かな瞳で見つめた――。千晶はある事情から、生きて呼吸をすることすら困難に感じている。バイト先のオーナー・神野からそっと触れてもらった出来事だけ大切にしようと決めるが、そんな千晶に神野は「きみが欲しい」と告げて……？

本体価格680円＋税

［お月さまの言うとおり］

御堂なな子

イラスト▼街子マドカ

顔を合わせるとケンカばかりしてしまう腐れ縁の幼馴染、神社の息子・宇佐木真理と、寺の息子・香々見清士。大切な神事で主役を務めることになり、高校卒業以来久しぶりに帰省して再会した二人だったが、どうしても素直になれないまま恋心を募らせていく。兎月神社の狛兎・ハツとマツも応援するなか、いじっぱりでピュアな恋のゆくえは――!?

本体価格600円＋税

発行●幻冬舎コミックス　発売●幻冬舎

「幻冬舎ルチル文庫」

大好評発売中

「イケメンNo.1俳優の溺愛ねこ」

今城けい

イラスト▼カワイチハル

人気のピークを過ぎた元俳優の松阪は、路地裏で拾った若い男・風由来を気まぐれでヘルパーとして雇う。風由来は松阪好みのカクテルや料理を作り、何くれとなく面倒をみてくれ、しかもそれを〝生まれて初めて楽しい〟という。たっぷり甘やかされた松阪が風由来なしでいられなくなった頃、彼は俳優としてスカウトされスターの階段を昇り始め……！

本体価格680円＋税

「俺さまケモノと甘々同居中⁉」

榛名悠

イラスト▼コウキ。

悪夢に悩まされる凌を助けてくれた自称〝悪夢祓い〟のリュウ。その対価として凌はリュウの屋敷で家政夫をする事になるけど、ちょっと不思議な仲間の羊やフクロウ達は可愛いのに生活能力ゼロ。おまけに凌に触れると何故か体調が整うリュウからは「こんな抱き心地のいい体は初めて♥」とセクハラ三昧。でも同居する内そんなリュウにドキドキしちゃって⁉

本体価格660円＋税

発行●幻冬舎コミックス　発売●幻冬舎